메리 크리스마스, 카프카 씨

카프카 서거 100주기 기념 앤솔러지

메리 크리스마스, 카프카 씨

한유주
김태용
민병훈
김채원

카프카의밤

카프카와 아이들

네 명의 소설가가 '카프카의 방'에 모였다. 얼떨결에 초대를 받은 우리는 어리둥절하다.

올해는 카프카 사후 100주년이 되는 해이다. 카프카가 전 세계적으로 자신의 문학을 기념하는 것을 알게 된다면 어떤 표정을 지을까. 그는 난처한 표정으로 전봇대 뒤로 숨을 것이다. 마침 그의 바짓단을 무는 작은 개가 있어도 좋겠다.

1924년 6월 3일, 사망하기 전날에도 카프카는 글을 썼다. 부모님께 보내는 편지였다. '저는 속삭일 수밖에 없고, 말을 잘할 수 없어, 방문을 연기하는 것이 좋을 것 같습니다.' * 흘려 쓴 편지는 이렇게 끝 맺고 있다. 어쩌면 끝맺지 못한 편지일 수 있다. 미완의 소설들과 소설을 위한 많은 기록들. 작은 이야기들. 불이 되고, 재가 되고, 연기가 되어 사라졌을지도 모를. 카프카의 글은 미완으로 끝났다. 미완인 채로 거대한 세계가 되었다. 카프카는 이제 문학이라는 이름이자, 인물, 상징, 기교다. 결코 꺼지지 않는, 불에 타고 있는 책이다.

카프카의 세계로 들어가는 세 가지 방법이 있다. 우선 카프카의 소설을 읽는 것. 그다음은 카프카에 대한 글을 읽는 것. 마지막으로 카프카에 대한 글을 쓰는 것.

---

* 파벨 시마크Pavel Šimák의 2024년 영화 「카프카를 아시나요?(Do You Know Kafka?)」에서 인용.

'카프카의 작품은 그 전체가 부정을 통해 얻고자 하는 긍정에 대한 탐구이다.'* 카프카의 세계를 떠돌며 문학(만)이 긍정하는 희망의 언어를 만날 수 있을까?

우리는 카프카에 의한, 카프카를 향한, 카프카와 함께, 카프카를 떠나는 각자의 소설을 쓰기로 했다. 포기 당한 유혹과 신경증적 매혹과 점입가경 당혹에 이끌려 낯선 나라를 헤매고(한유주 「암담」), 극장에서 카프카를 만나고(김태용 「카프카 씨, 영화관에서 울다」), 지도에 없는 다리를 찾아가고(민병훈 「예언자의 꿈」), 감각의 공동체를 꿈꾼다(김채원 「더블」).

카프카를 읽는다는 것은 꿈을 꾸는 것이고, 꿈을 현실로 바라보는 것이고, 현실을 꿈으로 해석하는 것이다. 우연한 상황에 빠져들고, 허구의 미로 속을 헤매는 것이다. 그리고 난처한 표정에 익숙해지는

---

* 모리스 블랑쇼, 박준상 옮김, 『카프카에서 카프카로』, 그린비, 2013, p.81

것이다. 난처해져라. 더 오래 난처해져라.

　카프카의 방 혹은 카프카의 밤에 모인 소설들이 카프카의 얼굴을 한 번이라도 들여다본 독자들을 난처하게 만들면 좋겠다. 난처함 끝에 긍정의 미소를 지으며 다시 카프카의 글과 얼굴로 돌아가면 좋겠다.

　카프카는 음치의 사이렌이다. 카프카의 언어─목소리에 홀려 길을 잃은 우리는 여전히 어리둥절하다. 그러나 재미있다. 신난다. 겨울엔 눈이 오고, 눈이 오면 아이들은 눈사람을 만들고 눈싸움을 해야 한다.

　메리 크리스마스, 카프카 씨. 당신도 그랬으면 좋겠다.

백 년 동안의 겨울을 떠올리며

김태용 씀

차
례

암담

| 한유주 |

에두아르트 라반이 복도를 지나 문 입구에 섰을 때,
그는 비가 오는 것을 보았다. 비는 조금 내리고 있었다.
(……) *"이제는 분명히 너무 늦었어. 너는 나에게 숨겼고,
나는 기차를 놓치게 되었어. 왜?"*

*Als Eduard Raban, durch den Flurgang kommend, in die
Öffnung des Tores trat, sah er, daß es regnete. Es regnete
wenig. (……) "Nun aber ist es sicher schon zu spät, du hast
es mir verheimlicht und ich versäume den Zug. Warum?"*

_카프카 「시골의 결혼 준비Hochzeitsvorbereitungen auf dem Lande」에서

○

○

○

너는 신호수다. 너는 소방관이다. 너는 기사다. 너는 사무보조원이다. 너는 하인이다. 너는 중등 교사다. 너는 크리켓 선수이고 너는 공작의 하수인이다. 너는 공작이다. 너는 공작을 부린다. 너는 성냥을 그어 불을 붙이는 상상을 하면서 엉덩이가 닿는 부분이 푹 꺼진 면직물을 씌운 일인용 안락의자에 앉아 있다. 너의 눈앞에서 백여 쌍의 눈동자들이 빛나고 등 뒤로는 길들여진 새들이 간헐적으로 날아다닌다. 너는 재무대신이다. 너는 기자다. 너는 고양이 앞에 놓인 물그릇이고 너는 뉴욕 출생의 시인이고 너는 수어통역사. 너는 손차양을 만들어 햇빛을 가린다. 무대 위에 여러 색조의 녹색들로 이루어진 천막이 설치되어 있다. 그러니 너는 굳이 손을 들지 않아도 좋다. 너는 그저 있으면 그만이다. 너는 그저 있다. 너는 있다. 그런데…… 그만…… 그러니…… 그러나…… 너는 전원 꺼진 무선마이크이고 너는 낮은 테이블에 놓인 센터피스이고 너는 저 무수한 눈동자들 중 하나다. 너는 법정대리인이고 너는 심문자이며 너는 고문관이다. 너는 죽은 작가이고 너는 죽지 않은 작가이며 너는 죽지 못한 작가다. 마침 꾸짖듯 질문이 날아들고 너는 예의바른 표정으로 질문을 반복해달라고 요청한다. 멀리서 공이 방망이에 맞는 소리. 한둘 그쪽을 바라보기도 한다. 그러니까, 소리가 들려온 쪽을. 새들과 나비들이 어지러이 날아다니고 너는 아지랑이에 해당하는 외국어들을 떠올려보려다 실패한다. 너는 아지랑이가 아니다. 너는 새가 아니다. 너는 나비가 아니다. 사실 너는 신호수가 아니고 소방관이 아니며 기사가 아니다. 너는 기자가 아니고 공작이 아니며 크리켓 선수가 아니다. 너는 그저 있다. 다시 한 번 질문이 도착한다. "소수언어로 글을 쓴다는 의미가 무엇일까요?" 너는 장황한 답변을 시도하지만 무용한 옹알이만이 나올 뿐이다. 그러니까…… 너는 손목시계를 내려다본다. 일몰까지 두세 시간이 남아 있다. 너는 있다. 너는 푹 꺼진 소파에 꿰다 놓은 보릿자루처럼 주저앉아 있다가 이대로 끝내 꺼지고 싶다. 너의 대답을 들은 사회자가 다시 한 번 질문한다. "그런데 당신의 언어도 소수언어입니까?" 너는 질문한다. "아닌가요?" 그러자 너의 의도와는 관계없는 웃음이 적의 없는 눈동자들 사이에서 흘러 다닌다. 떠돌이 개 한 마리가 무대 아래를 어슬렁거린다. 아무도 개를 제지할 생각이 없다. 너는 느릿느릿 움직이는 개의 뒷다리들을 보며 개가 몰고 다녔을 공들과 물고 다녔을 뼈들과 그것들이 사라진 자리들을 억지로 상상한다. 그러자 시야가 엉망으로 헝클어지고 너는 잠시 안도한다. 너는 약호다. 너는 증정품이다. 너는 빠진 철자다. 패널 한 사람이 한국어와 타밀어의 유사성을 입에 올린다. 두 언어 사이에는 비슷한 점들이 상당수 발견되는데, 예컨대 어떤 어휘는 서로 사전을 베낀 것처럼 같다면서, 나는 나안, 메뚜기는 메뚜기라고 말한다. 너는 꽃장식이다. 너는 바람 빠진 공이다. 너는 도착했고 다시 도착해야 한다. 어느덧 끝날 시간이 되어간다. 사회자가 마무리하며 인사말을 전하는 동안 너는 도착하기까지의 과정을 간단히 복기해본다. 이틀 전이었고 뉴델리 시의 미세먼지농도가 $1,000\mu g/m^3$에 육박했다. 너는 공항에 딸린 캡슐호텔에서 하룻밤을 보내면서 변기에 올라서서 담배를 피웠다. 이튿날 흉곽을 찢는 것 같은 기침이 시작되었다. 너는 공항 내 약국에서 신용카드로 마스크와 사탕 형태의 인후염 진통제를 샀다. 진통제를 한 알 입에 넣고 마스크를 썼다. 마스크 탓에 진통제의 화한 성분이 전방으로 퍼져나가지 않고 너의 눈과 코로 향했고, 그래서 너는 원치 않았음에도 눈물을 조금 흘렸다. 그 모습을 본 전담 직원이 다가와 걱정스러운 표정으로 물었다. "괜찮으십니까, 선생님?" 너는 괜찮다고 했지만 진통제가 입천장에 달라붙어 발음이 어눌해지는 바람에 조금도 괜찮지 않은 모양새였다. 직원이 미심쩍은 얼굴로 뒤로 물러났고 너는 루피를 조금도 갖고 있지 않다는 데 다시 생각이 미쳤다. "박수를 보내주시기 바랍니다, 여러분!" 사회자가 힘차게 외친다. 너는 엉거주춤 자리에서 일어나 무대를 비운다. 뒤를 돌아보면 공작이 있다. 날개를 접고 있다.

그러니까, 너는 도착했다. 이틀 전 뉴델리 공항에 내렸을 때는 이미 해가 저물어 있었다. 수많은 입국자 중 하나에 불과한 너를 용케 알아본 누군가가 다가와 카트에 타라고 했다. 너는 카트를 타고 너를 도와주는 이를 뭐라고 지칭해야 할까 궁금해하며 수많은 걸음을 건너뛰어 곧장 입국했다. 그러는 내내 달러를 루피로 바꿔야 한다는 생각에 초조해한다. 너는 무엇보다 담배를 피워야 한다. 게이트를 나가서 담배 두 대를 피우고 돌아와 200달러가량을 루피로 환전한 후 공항에 딸린 캡슐호텔에 스스로 체크인하는 일이 너로서는 전혀 어렵지 않았다. 그러나 너는 실려 갔다. 네가 환전 얘기를 꺼내자 입국서비스 전담 직원은 희고 커다란 치아를 드러내며 "나중에요." 말했다. 나중에. 포개진 짐, 뒹구는 짐, 찢어진 짐. 너는 천천히 회전하는 짐들을 본다. 컨베이어벨트에 실린 짐들에게는 분명 어떤 표정이 있다. 부주의하게 남겨둔 바코드 스티커들이나 즉각적인 식별을 위해 매달렸겠으나 목이 매달린 꼴이 된 인형들 따위에도 표정이 있다. 지친 표정을 한 중간 크기의 네 트렁크가 다가오고, 네가 그것을 집어 들려고 하자 전담 직원이 한발 빠르게 움직였다. 너의 짐이 너와 함께 카트에 실렸다. 너는 유연하고 매끄럽고 부드럽게 미끄러지는 동작들에 갇혀 재채기 소리 한 번 내지 못하고 어느새 캡슐호텔 체크인 카운터에 루피 없이 다다라 있었다. 모든 지불이 사전에 완료되어 있었다. 너는 터번을 쓴 호텔 직원이 네 여권을 복사하는 동안 주변을 둘러보았다. 커피포트, 액자, 티백들, 철제 다리가 달린 유리 테이블, 식수 디스펜서, 멜라민 쟁반, 해바라기 조화, 소형 텔레비전, 레이스 깔개를 얹은 조그만 소파 따위가 최소한의 기능을 갖춘 로비를 구성하고 있었다. 직원이 카운터에 네 여권을 올려놓았다. 너는 그쪽으로 고개를 돌리다가 카운터 아래쪽, 네 트렁크 바퀴가 아까부터 간헐적으로 툭툭 쳐대던 아래쪽에 세모꼴 형태로 조그맣게 파인 구멍을 보았다. 너와 직원은 카운터를 사이에 두고 있었다. 전담 직원은 사라지고 없었다. "좋습니다, 선생님. 묵으실

방 번호는······." 호텔 직원은 너의 주의를 돌리려고 카운터 위를 톡톡 쳤다. 너는 그를 바라보았다. 그리고 구멍을 한 번 내려다보았다. 그리고 다시 직원을 바라보았다. 세모꼴 모양의 조그만 구멍에서 무언가 잠시 모습을 드러냈다 감춘 것 같았다. 직원은 터번 안쪽으로 들어가 있다시피 한 안경다리를 정돈하며 그 구멍 안에는 작은 거인이 산다고, 제 몸집의 스무 배쯤은 가볍게 드는 존재가 산다고 말했다. "거인이라고요?" 너는 잘못 들은 게 아닌가 싶어 물었고, 직원은 어깨를 으쓱했다. "들여다보고 싶다면 들여다봐도 좋습니다." 너는 무릎을 꿇고 두 손을 바닥에 짚었다. 그러자 너는 자연스레 카운터를 사이에 두고 호텔 직원에게 경배하는 자세를 취하게 되었다. 어디선가 웃음소리가 들려왔다. 너는 핸드폰을 꺼내 손전등 앱을 켜려고 했으나 이미 방전된 뒤였다. 너는 최대한 구멍에 귀를 가까이 갖다 대고 안에서 어떤 소리가 들리지는 않는지 살폈다. 뭔가 서걱거리는 것 같기도, 훌쩍이는 것 같기도, 키득거리는 것 같기도, 푹 찌르는 것 같기도, 살살 긁는 것 같기도, 하품을 애써 참는 것 같기도, 우발적으로 떠오른 저주의 말들 중 하나를 세심히 고르고 있는 것 같기도, 쓰러지는 것 같기도, 베개를 고쳐 베는 것 같기도 한 소리가 났다. 너는 고개를 돌렸다. 호텔 직원은 너를 복사한 것처럼 같은 자세로, 그러니까 개나 고양이처럼, 요가 수련자들이 흔히 탁자 자세라 부르는 신체의 형태를 하고 너를 마주 보고 있었다. 너는 몸을 일으키고 손바닥을 서로 비벼 먼지를 털어냈다. 호텔 직원은 어느새 카운터 뒤 제자리에 돌아가 있었다. 너는 여권을 챙겼고, 다음 날 8시까지 이곳으로 전담 직원이 다시 올 예정이라는 사항을 전달받고, 그렇다면 어디서 환전해야 할지 생각했고, 호텔 직원에게 루피에 대해 물었으나 그는 고개를 저으며 환전 업무는 보지 않는다고 대답했다.

너는 있다. 너는 앉아 있다. 너는 앉아서 채식 요리가 수북하게 담긴 접시들이 오가는 궤적을 보고 있다. 보이지 않는 경로들이 엉킨 실타래처럼 엮여 이어지고 끊어지고 합쳐지고 사라지곤 한다. J가 M에 대한 이야기를 하고 있다. "이거 좀 먹어 봐." 누군가가 포크를 내밀고 너는 그것을 받아 쥔다. 초록색 냄새가 난다. "M이 이제까지 보인 태도는 정말이지…… 뭐랄까…… 이해할 수 없는 것이었어……." 너는 M을 안다. 얼굴과 이름을 안다. 너는 M으로 인해 아직까지도 달러를 루피로 바꾸지 못했다. 그러나 정말 M 때문일까? 그 인과를 어떻게 증명해보일 수 있을까? 너는 숙소로 돌아갈 방법을 조금 걱정하다 잊는다. 아직 없는 궤적이다. 그것은…… P가 말을 잇는다. "그런데 말이다, 여기 오려고 비행기를 두 번 갈아탔는데, 첫 경유지가 인도네시아 자카르타 공항이었다." P가 화제를 바꾼다. "연결편이 지연되어 하염없이 공항 안을 배회하고 있는데, 안

내 방송이 인도네시아어와 영어로 반복해서 들려왔
다. 20번 게이트부터 39번 게이트까지 두세 차례
왕복하면서 위스키 가게에서 위스키를 얻어 마셨
고 화장품 가게에서는 핸드크림을 얻어 발랐다. 카
페테리아에서 맥주 한 잔을 사서 마셨다. 그러면서
무심코 안내방송에 귀를 기울였는데, 영어와는 달
리 인도네시아어 방송은 항상 데모크라시, 하고 끝
을 맺었다. 그래서 생각하지 않을 수 없었다⋯⋯. 왜
이 나라에서는 언제나 민주주의를 여행에 결부시키
는 것일까? 어떤⋯⋯ 역사적 맥락이 있는 걸까? 그
런 생각을 하며 라운지 앞을 서성거렸고 흡연실을
찾아보았고 예배당을 기웃거렸다. 마침내 연결편이
도착해 출발 준비를 완료했고 자잘한 짐들을 이고
진 사람들과 더불어 긴 두 줄을 형성하고 있다가 문
득 인도네시아어로 감사하다는 말이 트리마카시라
는 걸 알게 되었다. 뒤에 서 있던 사람들이 하는 말
로 알게 된 거였다. 순간 돌아서서 그들에게 감사하

다는 말을 그들의 말로 하고 싶다는 충동이 들었지
만 그러지 않았다. 자카르타를 출발해 뉴델리로 향
하는 비행기 안에서 좌석을 최대한 뒤로 젖히고 잠
들어버리는 바람에 기내식을 전부 놓쳤고 이윽고
승무원이 나타나 곧 착륙한다며 좌석을 바르게 하
라며 깨울 때 기지개를 켜다 돌아본 뒷좌석에서 오
랫동안 갇혀 있다시피 해야 했던 승객의 짜증난 얼
굴과 마주하게 되었다. 보잉 747 기종의 대형 여객
기는 활주로에 부드럽게 안착하고도 한참을 이동했
고 한 아이가 울기 시작하자 다른 아이들도 기다렸
다는 듯 소리 높여 울기 시작했는데 왼쪽 옆자리에
앉아 있던 젊은 여자 승객이 갑자기 두 손에 얼굴을
파묻고 울기 시작했다. 도착…… 그러자 여자의 왼
쪽 옆자리에 앉아 있던 또 다른 젊은 여자가 괜찮
은지 물었고 우는 여자는 어깨를 들썩이며 나는 도
착했고…… 그는 도착하지 못했습니다…… 꺼이꺼
이 울며 말했다. 유선형 창문 밖을 내다보니 야광

조끼를 입은 신호수가 트레일러 앞에 서 있었고 멀리 승객들을 게이트까지 연결하는 셔틀버스가 있었다. 비행기에서 내릴 때 승무원들이 다정한 미소를 지으며 트리마카시, 합창하듯 말했고 민주주의…… 계단을 내려가 셔틀버스에 탑승하기 위해 순서를 기다렸다. "그런데 M은 왜 인사조차 받아주지 않았던 걸까요?" C가 말했다. 너는 아직 온기가 남은 차를 한 모금 마시면서 누군가가 이에 대답하기를 기다린다. 대기는 서늘하고 너는 기다린다. "거기로 가면 볼 수 있대요." Y가 말한다. "아직도 먹고 있대요?" D가 놀랍다는 얼굴로 묻는다. 너는 B에게 달러를 루피로 바꾸려면 어디로 가야 하는지 아느냐고 묻는다. B는 어깨를 으쓱한다. 자신도 초행이라는 것이다. R이 말한다. "이 건물들을 나가면 노점들이 있고 노점들을 지나면 번화가로 이어지는 차도가 나오는데 차도를 따라가면 고가도로가 나오고 그 아래 시장가가 형성되어 있는데 그 어느 틈바구

니에 현금인출기가 있을 겁니다." 너는 구글 맵으로
대략적인 위치를 파악한다. 4킬로미터가량 떨어진
곳에 현금인출기가 있다고 한다. 너는 그곳까지 택
시나 툭툭을 타고 갈 수 없다. 루피가 없어서고, 흥
정에 능하지 못해서다. 루피가 없어서고, 수완을 발
휘할 수 없어서다. 루피가 없어서고, 누군가에게 돌
아갈 때 차를 얻어 탈 수 있겠냐고 물어볼 정도의
배짱이 없어서다. 그래서 너는 가만히 있다. 너는 신
호수다…… 너는 실패한 동시통역사다…… 너는 얼
간이다…….

　너는 기침한다. 너는 크게 기침한다. 순간 장면
이 정지한다. M의 기이한 행적을 하나씩 읊으며 미
심쩍은 인물 퍼즐을 맞춰나가던 이들이 한꺼번에
너를 바라보며 괜찮은지 묻는다. 너는 왼손바닥으
로 입을 틀어막다시피 하고 고개를 끄덕인다. 노란
색과 주홍색 천을 씌운 안락의자에 왕처럼 기대앉

아 있던 S가 냅킨을 들이밀고 너는 그것을 받아 입술과 손바닥을 닦는다. 가능하다면 발바닥과 겨드랑이도 닦고 싶다. 생쥐 한 마리가 빵조각을 소중히 움켜쥐고 테라스를 빠져나가 곧장 잔디밭으로 내달린다. 너는 그 위태로운 경로를 본다. 이틀 전 캡슐호텔 카운터에서 본 세모꼴 구멍은 결국 쥐구멍에 불과했을지도 모른다. 비록 호텔 직원이 단호한 어조로 쥐 같은 건 없다고, 그 구멍은 배관을 연결하려고 임시로 뚫어놓은, 그러니까 언제 다시 막아도 이상할 것이 없는, 게다가 이미 배관이 연결되었으니 더는 필요하지 않은 임시변통 수단에 지나지 않는다고 설명했지만 말이다. 네가 그의 말을 온전히 이해했는지는 확신할 수 없다. 너는 고개를 끄덕였고 네 몫으로 배정된 비좁고 깔끔한 방으로 들어가 화장실 변기를 밟고 올라서서 환풍구를 향해 담배 연기를 내뿜으며 구멍에 대해서는 잊었다. 줄사다리처럼 얽히고설킨 가늘고 투명한 거미줄들이 있었고…… 너는 구태여 방 밖으로 나갈 생각을 하지 않았다. T가 말한다. "그런데 얼마 전 M이 라디오 진행자를 고소했다는 기사를 본 것 같네요." "이유가 뭐였습니까?" N이 묻는다. "뭐였더라……." T가 망설이고, 그러는 동안 각기 빨간색이나 주황색의 터번 형태의 모자를 쓰고 빨간 테두리를 두른 흰색 상하의를 입은 남자들이 테라스에 나타나 테이블들이 치워진 함석 차양 밑에 일렬로 선다. 아무도 그들을 주목하지 않는다. 너는 그들을 본다. 남자들은 그늘을 드리운 흰색 천 아래에서 무언가를 도모하듯 한참 서로 무슨 말인가를 주고받는다. 그들은 저마다 조그만 악기를 들고 있다. 피리와 소고 따위. 그들이 곧 음악을 연주할 예정이라는 생각이 들자 너는 이제까지 테라스에 어떤 음악도 들려오지 않았다는 걸 깨닫고 잔잔한 충격을 받는다. 굽이 없고 납작하고 길쭉하게 생긴 갈색 신발을 신은 남자들이 바지춤에 손을 문질러 닦는다. 그중 한 명이 어디론가 사라졌다가 이내 색색 술이 달린 말 혹은 사자를 닮은 커다란 인형을 끌고 나타난다. 너는 인형에 사용된 색깔들을 일별해보려고 한다. 녹색, 연두색, 주황색, 자주색, 보라색, 노란색, 빨간색, 흰색, 검정색, 그리고 작은 거울들. 거울 장식을 술 끝에 매단 인형이 갑자기 쓰러지듯 주저앉는다. 원래 네 발이었던 것이 두 발이었다가 이내 바닥의 얼룩처럼 흐트러진 형상이 된다. 빨간색 모자를 쓴 남자가 어깨에 걸치고 있던 수건으로 뺨을 닦으며 물웅덩이처럼 고인 인형을 멀거니 내려다본다. 나머지 네 남자는 표정의 변화 없이 어제 거리에서 오랜만에 마주쳤던 옛 동창을 오늘 우연히 다시 만난 사람들처럼 나직한 대화를 주고받는 중이다. 인형이 왼쪽 앞발을 꿈틀거린다. 말일까, 사자일까, 사람일까. 그것은 말이 아니다. 그것은 사자가 아니다. 그것은 사람이 아니다. 인형이 오른쪽 앞발을 앞으로 내밀며 말한다. 하나. 너는 속으로 대답한다. 둘. 인형이 천천

히 기어가듯 앞으로, 그러니까 네가 있는 쪽으로 몸
을 움직인다. 하나. 그리고 인형은 상반신을 조금 일
으켜 누군가에게 읍소하는 듯한 자세로 하얗고 붉
은 반점이 있는 주둥이를 벌리더니 이윽고 말하기
시작한다. 하나. 사자. 말. 등의자. 신사 여러분. 원
숭이. 공작. 둘. 등나무. 전설. 카메라. 담홍색. 햇빛.
육각형. 비둘기. 불꽃. 손. 너는 인형의 입을 홀린 듯
바라본다. 인형의 입이 너를 바라본다. 장방형 스카
프를 두 번 감아 두른 R이 너와 인형 사이를 잠시
가로막는다. 주홍색 모자를 쓴 남자가 소고를 두드
리기 시작한다. 그러자 빨간색 모자의 피리가 가세
한다. 음악이 연주된다. 인형이 입을 닫고 어깨를 들
썩이기 시작한다. 우는 것일까. "춤이 시작되었다."
W가 말한다.

　너는 걷는다. 낯선 문자들로 이루어진 표지판들
이 보인다. 매듭이나 고리 따위를 닮은 글자들 사이

에서 너는 영단어 몇 개를 알아본다. 화살표들과 만국 공통의 기호들. 해가 노랗고 도로는 흙색이다. 바람의 색은 보이지 않지만 희미한 상아색일 것 같다. 너는 이곳의 지리를 모른다. 너는 구글 맵에 의지해 호기롭게 현금인출기가 있다고 생각되는 곳으로 향한다. 툭툭 기사들이 너를 호객한다. 너는 고개를 젓거나 흔든다. 아무 반응도 보이지 않을 때도 있다. 너는 세 가지 동작을 적절히 섞어 거부 의사를 표하면서 자꾸만 좁아지는 것처럼 보이는 보도를 따라 걷는다. 때로는 보도가 사라질 때도 있다. 그러면 너는 차도를 따라 걷는다. 왼쪽 어깨 너머를 습관적으로 돌아본다. 멀리서 아지랑이가 피어오르고 전방이 잠시 뿌예졌다가 맑아졌다가 한다. 너는 세상만사 대부분을 이분법으로 이해해볼 수 있겠다고 생각한다. 그럴 것이다. 경적소리에 취약한 사람과 그렇지 않은 사람. 물병을 챙겨 다니는 사람과 그렇지 않은 사람. 하늘을 보고 동서남북을 파악할 수 있

는 사람과 그렇지 않은 사람. 바람의 방향을 읽을
수 있는 사람과 그렇지 않은 사람. 말의 말을 이해
하는 사람과 그렇지 않은 사람. 너는 이런 사람이거
나 저런 사람이다. 이분법을 가능하게 하는 양극단
사이 스펙트럼 어디엔가 너는 늘 위치한다. 너는 위
치한다. 어딘가. 언젠가. 너는 물병을 꺼내 물을 마
시려다 두 방울가량 남은 물을 핥다시피 하고 조금
좌절한다. 구글 맵에서 너의 위치는 파란색으로 표
시된다. 역사와 용도를 파악할 수 없는 거대한 건물
들이 끝없이 이어진다. 누군가 콘크리트를 바른 드
높은 담벼락에 오목하게 벽감을 내고 안에 조그만
성모상과 시바상을 나란히 놓아두었다. 그 앞에 놓
인 혹은 버려진 슬리퍼 한 짝이 망연히 부패하고 있
다. 너는 슬리퍼 앞에서 걸음을 멈추고 벽감 안에
놓인 성물들을 들여다본다. 하늘색과 금색. 파란
잉크 따위의 얼룩이 뿌려진 고요한 얼굴들. 먼지와
뒤섞인 콘크리트 가루들. 시바상 뒤에 쪽지처럼 보

이는 물체가 있다. 너는 그것을 꺼내볼까 하다가 그만둔다. 너는 그만둔다. 너는 늘 그만둔다…… 하려다 그만두기. 읽으려다 그만두기. 쓰려다 그만두기. 인지하려다 그만두기. 이해하려다 그만두기. 따지려다 그만두기. 다음을 기약하며 그만두기. 약속을 배반하며 그만두기. 너는 버려진 슬리퍼와 짝을 이루었을 다른 한 짝을 찾아 주변을 둘러보다 그만둔다. 너는 구글 맵에서 이제 고작 1킬로미터가량 서쪽으로 걸어왔다는 걸 안다. 공용건물들이 늘어선 지구를 지나면 편의점과 약국, 잡화점과 현금인출기가 나온다고 한다. 지도상으로 잘 정비된 것처럼 보이는 길들을 헤아리며 너는 안도한다. 그늘이 점차 길어진다. 다람쥐 두 마리가 빠르게 도로를 가로지르더니 느긋하게 자라난 것처럼 보이는 높은 나무 위로 한달음에 올라간다. 너는 희한할 정도로 사람들이 보이지 않는다고 생각하며 시간을 확인한다. 오후 네 시가 다 되어간다. 어느새 툭툭도 일반차량도

오토바이도 보이지 않는다. 고가도로가 시야에 들어오기 시작한다. 너는 옳은 방향을 따라 걷고 있다고 생각한다. 너는 어서 숙소로 돌아가 따뜻한 물로 씻고 깨끗한 물로 입을 헹구고 미니바에서 맥주 한 캔을 꺼내 마시고 하얗고 서걱거리는 침구 속으로 들어가 저녁식사 전까지 조금 자두고 싶다. 들어가기 전에 담배를 좀 피우고…… 루피를 마련해서 툭툭을 타고…… 돌아가서…… 돌아갈 수 있다면…… 바람이 불고 먼지가 인다. 메마른 나뭇가지가 흔들리고 그늘이 주춤거린다. 빈 평상 하나. 너는 문득 겨드랑이가 축축해졌다는 걸 느낀다. 땀이 흐른다. 개미들이 이동한다. 하늘 멀리 꼬리가 파란 비행기 한 대가 격추당한 듯 성급히 고도를 낮추고 있다. 빛바랜 푸른 바탕에 적힌 흰색 문자들. 사원들. 학교들. 병원들. 드물게 자라난 잡풀들. 1월이라는 점을 고려할 때 날씨는 온화하다. 너는 휴대폰을 꺼내 옳은 방향으로 가고 있는지 재차 확인한다. GPS에 따르면 그러하다. 배터리 잔량은 45퍼센트다. 고가도로가 한결 가까이 보인다. 너는 눈을 가늘게 뜨고 전방을 주시하며 걷는다. 고가도로 외에 다른 도로는 보이지 않는다. 그러니까 다른 보도나 차도가 보이지 않는다는 말이다. 너는 잰걸음으로 빠르게 고가도로를 향해 다가간다. 그러나 접근할수록 고가도로 외에 다른 선택지가 없어 보인다. 너는 온 길을 되짚어야 하거나 보행자 통행이 금지된 고가도로를 따라 걸어야 할 것이다.

너는 간다. 너는 교차한다. 너는 가로지른다. 너는 건너간다. 너는 걷는다. 너는 기다린다. 읽히지 않는 지명들이 그림자처럼 너를 따라붙는다. 왼쪽 발뒤꿈치가 통증을 호소하기 시작한다. 고작 2킬로미터 남짓 걸었을 뿐이다. 고가도로 아래 숨겨진 보행로가 있다. 너는 안도의 한숨을 뱉는다. 보도가 이어지지 않을 리가 없다고 내심 생각했던 것이다.

통제. 고가도로 아래 놀랍게도 상점 몇 곳이 있다. 너는 과일들과 물병들, 가판대와 냉장고, 현수막과 선거 포스터 따위를 지나치며 걷는다. 이제 사람들이 있다. 한적한 길이지만 아까처럼 황량한 대로와는 사뭇 다른 분위기가 감돈다. 다정한 시선들이 있고 음험한 시선들이 있다. 너는 인후염 진통제를 꺼내 포장을 뜯고 한 알을 입에 넣는다. 그러면서 너는 동작 하나하나가, 걸음 하나하나가, 호흡 하나하나가 기록되고 있다는 착각에 빠진다. 호랑이 굴에 들어가더라도 정신만 차리면…… 산다……. 난데없이 이 속담이 왜 떠오르는 것인지 너는 웃는다. 진통제가 효과가 있었던 것인지 어느새 기침이 멎어 있다. 어떤 시선들이 교차한다. 어떤 시선들이 기다린다. 어떤 시선들이 따라붙는다. 너는 신호등과 나무 한 그루의 그림자가 복잡하게 뒤엉킨 근처 벤치에서 잠시 쉬기로 한다. 근처 벤치에 두 사람이 앉아 있고, 그들 주변에 비둘기들이 모여 있다. 한 사람이 납작한 빵을 조금씩 떼어내 조각들을 비둘기들에게로 던지고, 비둘기들은 부산스럽게 날개를 펼치는 대신 고요히 빵조각들을 받아먹기에 열중하고 있다. 다른 한 사람이 말한다. "혹시나 해서 그 사람이 등이나 배에 주머니라도 숨기고 있는 건 아닌지 샅샅이 살펴봤대." 너는 그의 말을 알아듣는다. 너는 부지불식간에 그쪽으로 눈과 귀를 활짝 연다. 너는 그들의 이름을 안다. 카시미르와 스티븐이다. 스티븐이 말한다. "하지만 아무것도 나오지 않았대. 다른 주머니는커녕 옷에도 뭘 숨길 수 있는 공간은 없었고 그들이 그의 몸과 옷을 살피는 동안에도 그는 계속해서 먹고 있었대." 카시미르가 묻는다. "저 비둘기들처럼?" "그래, 저 비둘기들처럼." 그들은 계속해서 대화하고 카시미르는 계속해서 빵조각을 더 잘게 부수어 비둘기들에게 던진다. 빵가루가 눈처럼 날리다 떨어지고 사라진다. "사흘이나 잠도 자지 않고 계속해서 먹고 있었대." 스티븐이 말한다. "저 비

둘기들처럼?" "그래, 저 비둘기들처럼." 그리고 비둘
기 한 마리가 문득 너를 바라본다. 아니다. 비둘기
는 언제 그랬냐는 듯 먹는 행위로 돌아간다. 고개를
주억거리고 까닥거리면서. 너는 지난밤 숙소에서 서
늘하게 서걱거리는 침구에 몸을 파묻고 켠 텔레비
전에서 어느 유튜버가 신체의 한계가 허락하는 한
도까지 잠 없이 휴식 없이 대화 없이 계속해서 먹기
에 도전하고 있다는 단신을 보았던 것을 기억한다.
너는 카시미르와 스티븐의 대화를 계속해서 경청한
다. 그들이 차례대로 말한다. "그래서 아직도 먹고
있대?" "그럴 거야. 가보겠어?" 그들이 차례대로 벤
치에서 일어선다. 스티븐의 무릎에 놓여 있던 휴대
폰이 바닥에 떨어지며 비둘기들 사이에 작은 소란
을 일으킨다. 너는 무심코 그들을 따라 몸을 일으켰
다가 엉거주춤 다시 앉으려고 한다. 스티븐이 휴대
폰을 집어 들 때 백그라운드 앱이 잘못 실행되기라
도 했는지 갑자기 커다란 음악소리가 분출된다. 단

조로운 노래다. 음률은 단조롭지만 소리가 너무 크다. 비둘기들이 불평하듯 한꺼번에 날아오르려다 이내 평정심을 되찾고 흙먼지와 뒤섞이기 직전인 빵가루들에게로 돌아간다. 카시미르가 불평한다. "그 노래 좀 그만 듣지 않겠어?" "내가 아니라 이 기계가 듣고 있던 거야." "기계에도 마음이 있어?" "제발 그만해." 너는 스티븐의 마지막 말에 잠시 웃는다. 그들의 길고 가느다란 실루엣이 점점 멀어진다. 너는 그들을 따라갈까 하다가 지갑에 아직도 루피 한 장 들어 있지 않다는 걸 깨닫고 그만둔다. 너는 그만둔다. 비둘기들은 그만두지 않는다. 여전히 먹고 있다.

너는 현금지급기 부스에 도착한다. 왼쪽 모서리가 아래쪽으로 15도가량 기울어져 언제고 떨어지더라도 이상하지 않을 낡은 간판에 ATM CASH DOLLAR 24/24와 같은 문구들이 적혀 있다. 한 남자가 청바지 주머니에 양손을 찌른 채 기계 앞에서 몸을 돌려 밖으로 나오다 너를 흘긋 본다. 너는 그를 지나쳐 별다른 출입문 없는 현금인출기 앞으로 간다. 너는 뒤를 돌아본다. 아무도 없다. 너는 호기롭게 카드를 꺼내 기계 투입구에 밀어 넣는다. 당신은 외국 카드입니까? 화면이 묻는다. 너는 고개를 끄덕이며 그렇다, 버튼을 누른다. 그리고 기다린다. 가래 끓는 소리가 들려오고 화면이 전환된다. 현금인출을 원하십니까? 그렇습니다. 루피? 네. 얼마나 원하십니까? 너는 망설인다. 너는 환율도 모르고, 툭툭 요금도 모르고, 맥줏값을 모른다. 너는 1,000루피를 선택하고 기계가 돈을 내어주기를 초조하게 기다린다. 돈이 도착한다. 네가 지폐 두 장을 꺼내는 사이 네 휴대폰에는 7만 4,000원이 빠져나갔다는 알림 문자가 도착한다. 너는 침착하게 그 액수가 이곳에서의 며칠을 충분히 보장해줄 수 있을지 헤아려보고 다시 인출기에 카드를 밀어 넣는다. 이번에는 5,000루피를 선택한다. 다시 가래 끓는 소리가 난다. 기계가 우발적인 재채기 직전 괴로워하는 사람처럼 요동치기 시작한다. 너는 소리가 잦아들기를 기다린다. 너는 기다린다. 너는 하인이다. 너는 하수인이다. 너는 집행자다…… 그러나 기계는 멈출 생각이 없다. 네가 기다리는 사이 남자 하나와 여자 하나가 들어와 네 뒤에 선다. 이 비좁은 현금 지급기 부스 안에는 인출기가 한 대뿐이다. 너는 뒤를 돌아보고 미안하다는 표정을 지어 보이지만 남자도 여자도 반응이 없다. 기계가 계속해서 진동한다. 이 도시에 존재하는 모든 지폐를 끌어모을 심산인 것처럼 가래 끓는 소리가 점차 커지고 또 커지고, 인출기는 저를 속박한 부스 자체를 쓰러뜨리기라도 하겠다는 것처럼 부들부들 떨기까지 한다. 금방이라도 구속구를 벗어버리겠다는 것처럼. 너의 목덜미와 겨드랑이에서 차가운 땀이 흐르기 시작한다. 너는 손등으로 목덜미를 훔치지만 차마 겨드랑이에는 손을 대지 못한다. 너는 괜히 천가방 안을 살펴

보는 척하고 휴대폰을 들여다보는 척하며 기계가 절로 멈추고 유순히 지폐들을 내놓기를 초조하게 기다린다. 뒤에 선 남자가 발을 몇 번 구르는 기척이 느껴진다. 여자가 걸친 긴 옷자락에서도 짜증스러운 기색이 묻어 있다. 그런 것 같다. 너는 억지로 기침을 두 번 하고, 화면을 들여다보며 키패드 부근을 오른손 끝으로 소심하게 두드린다. 기계가 모종의 신화적 존재를 태동시키듯 마지막으로 크게 부르르 몸을 떨더니 갑자기 고요해진다. 화면이 꺼져버린다. 라빈야가 말한다. "또 시작이군." 프레디가 말한다. "또 시작이야." 너는 그들이 하는 말을 이해할 수 있다. 너는 그들에게로 몸을 돌려 기계를 되살려낼 방법을 묻고자 한다. 하지만 네가 돌아서는 순간에도 그들은 네가 아니라 기계가 있는 벽 어딘가를 응시하며 둘이서만 대화를 계속한다. "오늘도 보러 갈 거야?" "보러 가야지." "생각해보면 간단한 행위야." "그렇지. 멈추지 않는다는 것만 제외한다면." 그들의 말이 끊어진다. 그들은 여전히 너를 보고 있지 않다. 오른쪽 벽에는 인터폰이, 왼쪽 벽에 붙은 스티커에 은행이나 출장소 업체처럼 보이는 전화번호가 적혀 있다. 너는 인터폰 수화기를 든다. 아무 소리도 들리지 않는다. 너는 휴대폰에 전화번호를 입력하고 통화 버튼을 누른다. 잘못 거셨다는 안내 음성이 곧장 이어진다. 너는 최대한 인내심을 발휘해 다시 한 번 전화를 건다. 이번에도 잘못 거셨다는 안내 음성만 들려온다. 너는 500루피 지폐 두 장이 사라지지 않고 그대로 있다는 사실에 그릇된 만족감을 느끼며 뒤로 물러난다. 카드사 고객센터에 전화를 걸어 카드를 정지시키는 편이 낫겠다는 생각이 든다. 네가 물러서자마자 프레디가 곧장 기계에게로 다가간다. 그러자 화면이 다시 환해진다. 기계가 탄산수 병이 열릴 때처럼 가뿐한 소리를 내며 작동에 돌입한다. 네가 다시 차례를 기다릴까 고민하는 사이, 라빈야가 네게 조그만 물체를 건넨다. 기계가 삼켰던 카드다.

너는 회수한다. 너는 돌아선다. 너는 간다. 너는 선다. 툭툭 한 대가 네 옆으로 급하게 달려와 선다. 너는 탄다. 너는 뒷좌석 간이지붕을 버티는 앙상한 철제 기둥을 잡는다. 툭툭이 이내 출발한다. 너는 목적지를 말했으나 기사가 알아들었는지 알 수가 없다. 너는 흥정이 시작되지도 않았다는 사실에 잠시 주목한다. 매리어트? 너는 묻고 운전자는 대답이 없다. 툭툭이 질주한다. 풍경이 지나간다. 사람들. 신호등들. 개들. 먼지들. 바람들. 너는 요동치는 딱딱한 좌석 위에서 툭툭 밖으로 튕겨나가 처참한 풍경의 일부가 되는 불상사가 일어나지 않도록 균형을 잃지 않으려고 용을 쓴다. 이미 저물녘이다. 음식 냄새가 주홍색으로 밀려들었다가 사라지고 회색 가축들이 멍하니 전방을 주시하며 집으로 돌아가는 모습들, 사람이 하나하나 손으로 켠 촛불들,

귀를 가만히 놔두지 않는 엄청난 경적소리들로 너는 포화해 있다. 너로서는 정체를 알 수 없는 엄청나게 크고 드넓은 대지를 점유한 건물들이 한달음에 지나가고 툭툭은 그러는 사이 어떤 교차로에서도 멈추지 않는다. 영화관에서 나오는 사람들, 장바구니를 든 사람들, 체육복 차림으로 상반신을 흐느적거리며 집으로 돌아가는 사람들. 너는 그들을 지나친다. 너는 천가방이 날아가지 않도록 어깨에 멘 끈을 꼭 그러쥔다. 차마 휴대폰으로 현재 위치를 가늠할 여유도 없다. 너는 수많은 탑승객이 간절히 붙들었겠으나 여태껏 용케 부러지지 않은 가느다란 철제 기둥을 꼭 잡고 어서 도착하기만을 기다린다. 너는 기다리고 툭툭이 도착한다. 너는 도착한다. 낯선 저택 앞이다. "다 왔습니다." 기사가 말한다. 너는 그에게 500루피 지폐 한 장을 건네고, 그는 500루피 지폐가 놓인 손바닥을 거두지 않는다. 너는 그에게 500루피 지폐 한 장을 더 건네고, 그제야 그는 손바

닥을 거두어들인다. "안으로 들어가서 수영장을 지
나 별채 건물 뒤쪽으로 쭉 가세요." 그가 말한다. 툭
툭이 사라진다. 거대한 출입문 앞에 선 문지기가 너
를 향해 들어오라는 고갯짓을 한다. 너는 그 동작의
의미를 안다. 너는 안다……. 안으로 들어서자 잔디
가 깔린 너른 앞마당이 나온다. 몇몇 사람이 쿠션에
등을 기댄 채 잔디 위에 누워 있다. 멀리 앞에서 일
렁이며 빛나는 건 수영장이다. 수영장 주변으로 수
천 개는 됨직한 촛불들이 팔 하나 간격으로 놓여 있
다. 너는 감탄한다. 너는 잊는다. 너는 수중에 이곳
에서 통용되는 화폐가 전혀 없으며 여기가 어딘지도
모르고 숙소로 돌아갈 방법도 모른다는 걸 잊고 있
다. 너는 앞으로 나아간다. 누군가가 말한다. "아직
도 먹고 있대." "땅속에 묻고 있는 건 아닐까?" 너는
금색 술이 잔뜩 달린 커다란 상아색 쿠션에 기대어
누워 맥주를 마시고 있던 사람에게로 다가간다. 네
가 입을 열기도 전에 그가 말한다. "아직도 먹고 있

다고 합니다." 네가 반문하기 전 그가 다시 말한다. "우리는 그자를 폭식자라고 부릅니다." 너는 그와 다른 사람들과 수영장과 촛불들을 지나간다. 촛불들의 개수가 어마어마할 정도로 많지만 수영장에도 물이 그득하므로 설령 불이 나더라도 금세 진압될 것 같다. 너는 그렇게 생각한다. 몇몇 사람이 물이 반사하는 환상적인 불빛들에 감탄한다. 노란색과 연두색 음식 냄새가 풍겨온다. 너는 배가 고프다. 그러나 이곳의 음식이 너를 위한 것인지는 알 수 없다. "산 사람 옆에서도 먹었고." 누군가가 말한다. "죽은 사람 옆에서도 먹었다지." 다른 누군가가 말한다. 실바람이 불고 촛불들의 기세가 잠시 움츠러들었다가 이내 살아난다. 너는 여행자다. 너는 하인이다. 너는 바람이다……. 너는 알 수 없는 경로를 통해 여기 도착했고 또 도착한다……. 너는 수영장과 뷔페 테이블과 휘황한 천막들을 지나 별채로 이어지는 자갈 깔린 보도를 따라 걷는다. 공작들이 있다. 메뚜기가

있다. 쥐들도 있겠지만 개들은 없다. 어느새 어둠이
완연하다. 너는 갑자기 어떤 충만한…… 갈급한……
의지가지없는…… 구부러진…… 수첩…… 엉클어
진…… 만족스러운…… 기분을 동시에 느낀다. 그러
니까 정거장…… 바퀴…… 세모꼴……을 합친 것 혹
은 그 이상의 기분이다. 별채 안이 환히 밝혀져 있
다. 가까이 다가갈수록 많은 인파가 그 앞에 모여
있다는 것이 확실해진다. 너는 제조업자다. 너는 의
사다. 너는 실패다…… 누군가가 말한다. "심지어 벌
레도 먹었다지." "아무렴." 네가 다가가자 사람들이
웅성거리다 출입구로 향하는 길을 내준다. 너는 잠
없이 휴식 없이 대화 없이 의미 없이 오로지 먹기를
계속하고 있는 사람을 보려고 환한 건물의 내부로
들어간다.

카프카의 소설들에서 이름이 없거나 겨우 이니셜만 지
닌 많은 인물은 늘 어디론가 움직여 가려고 하지만 종국
에는 대개 실패한다. 혹은 자신의 의지와는 관계없이 우
발적으로 어디엔가 도착하고 만다. 카프카는 인도에 가
본 적이 없겠지만 나는 한 번 있는데, 여정 내내 실려 다
니거나 길을 잃어 헤매거나 압도적인 규모가 불러일으키
는 시각의 착각에 당하거나 하는 식이었다. 카프카라는
명사를 앞에 두고 생각에 잠겼을 때 그날의 경험들이 기
억났다. 이 소설은 그렇게 쓰였다.

카프카 씨, 영화관에서 울다

| 김태용 |

영화관에 있었다. 울었다.
Im Kino gewesen. Geweint.
_카프카의 일기 1913년 11월 20일

❋

❋

❋

　나는 괴테를 덮고 거리로 나갔다.

　괴테를 덮은 건 잘한 일이야. 한 번 덮은 괴테는
다시 펼치지 말아야지. 괴테의 유혹을 뿌리치기 위
해 중세의 수도원 서적처럼 책에 자물쇠를 달고 열
쇠를 강물에 던지는 건 어떨까. 괴테의 책이 집이라
면 그 집의 문은 영원히 열리지 않을 거야. 괴테의
책은 버려서도, 태워서도, 찢어서도, 물에 불려서도
안 된다. 내가 돌아왔을 때 괴테의 책이 사라져 있으
면 좋겠다. 사라진 괴테의 책을 찾아 현세와 초현세

의 쌍두마차를 타고 모험을 떠나도 좋을 것이다.

생각의 꼭짓점에 이를 무렵 머리에 새똥을 맞았다. 괴테가 새로 나타난 것이 아니라 괴테가 새똥으로 변신한 것이라 믿으며 머리를 헝클어트렸다. 펠리체는 내 머리를 헝클어트리기 좋아했지. 문제는 내 마음까지 헝클어트린 거야. 헝클어진 마음으로 나는 괴테의 『색채론』을 펼쳐 들곤 했지. 하지만 이제 그만 펼치자. 내 생각을 읽은 듯 새똥이 된 괴테가 내 두피에 속삭였다.

'내가 너에게 행운을 가져다줄 거야.'

나는 다시금 머리를 헝클어트렸고, 손을 바지에 쓱쓱 문질렀다. 펠리체의 할머니는 괴테 집안의 하녀라고 했지. 할머니의 몸에서는 언제나 사프란 향이 났고, 어쩌면 펠리체 자신의 몸에 괴테의 피가 흐른다고 했어.

"괴테를 읽어요. 괴테를. 그리고 좀 웃어봐요."

펠리체는 내 머리를 헝클어트리며 말했지. 나는

펠리체의 포플린 치마 속에 헝클어진 머리를 넣고 웃었지. 웃을 수 있지만 웃음을 보여줄 수는 없었어. 펠리체. 나의 펠리체. 서쪽을 향해 삐뚤어진 코, 빗다 만 금발, 내 입술에 꼭 맞는 긴 턱, 나에게 확신과 불안을 떠넘기는 푸른 눈빛. 펠리체, 당신은 지금 어디서 까만 이를 보이며 웃고 있을까? 이제 내 머리를 헝클어트릴 수 있는 건 나의 손밖에 없지. 지금 내 손에는 한때 괴테였던 하얀 새똥이 묻어 있고, 아는 사람을 만나면 악수를 해야지.

나는 약속에 늦은 사람처럼 서둘러 벨베데레 공원으로 갔다. 내가 유일하게 안정을 느끼는 공간이고, 펠리체와 자주 거닐던 곳이다. 어느 날, 펠리체는 채찍질을 당하는 당나귀를 끌어안고 울었다. 나는 당나귀 주인의 찌푸린 얼굴과 펠리체의 들썩이는 동그란 어깨를 보면서 어찌할 바 몰라 했다. 이제 펠리체도 당나귀도 없다. 당나귀 주인처럼 생긴 사람들은 많다. 아는 사람은 없다.

누구도 나를 알아보지 못한다. 나는 시를 쓴다. 시집을 내지는 않았다. 누구도 나의 시집을 내주려고 하지 않는다. 누구도 나의 시집을 내줄 생각이 없으니 나는 시집을 낼 생각을 하지 않는다. 나는 이제 시집을 내는 것에 초연한 사람처럼 굴면서 시집을 내는 것은 시인으로서 해서는 안 되는 짓이라고 생각하기에 이르렀다.

'시인은 시집을 내서는 안 됩니다. 왜냐하면. 그건. 잠시 생각할 시간을 주세요. 나는 시인이고 언제나 언어에 신중합니다. 오래 기다리게 해서 미안해요. 그러니까. 내가 시집을 내지 않으면서 시를 쓰는 이유는 시집이 시를 망가뜨리기 때문입니다. 한 편의 시는 그 이전 페이지의 시와 그 이후 페이지의 시로 인해 본래의 투명성과 진실성이 흐려지게 됩니다. 시 언어의 미학, 그건 이루 말할 수 없지요. 한 편의 좋은 시도 시집에 실리면 망가지게 됩니다. 저는 제 시가 망가지는 것을 차마 볼 수 없습니다.'

나는 언제나 누군가의 물음을 상상하며 대답을 준비하고 있다. 아무도 나에게 물어보지 않는다. 그렇다면 한 편의 시만 실린 시집은 어떤가요. 누군가 물어보면 나는 뭐라고 대답할 수 있을까. 대답을 쉽게 찾지 못한 나는 빨개진 얼굴로 더듬거리며 말할 것이다.

'앞표지와 뒤표지가 한 편의 시를 짓누르고 말 겁니다. 한 편의 시가 압사당하는 것을 전 볼 수 없습니다.'

내가 시를 써서 펠리체는 나에게 다가왔고, 내가 시를 써서 펠리체는 나를 떠났다.

"당신의 시에는 영롱함이 부족해요. 시인은 언제든 신의 부름에 언어로 부응해야 하는 영롱함을 갖고 있어야 해요. 괴테를 읽어요."

펠리체는 눈으로 나를 쏘아보며 말했다. 펠리체의 눈빛에 나는 화상을 입었다. 나는 화상 자국에 부두 노동자들이 마시는 위스키를 들이붓기도 했다.

펠리체가 떠나고 어느 축축한 밤, 오스트리아의 지그문트 프로이트 박사에게 편지를 썼다.

'박사님, 박사님은 저를 모르지만 저는 박사님을 잘 압니다. 신문에서 그리고 주변에서 박사님의 연구에 관심을 갖고 있습니다. 저는 박사님의 환자가 되어 박사님의 저서에 기입되는 한 줄의 문장이 되고 싶습니다. 저의 아름다운 야심이 보이나요? 저의 시가 타들어 가고 있습니다. 저는 이제 시의 잿더미에 파묻혀 삽니다. 한겨울 불 속에 던져진 시집은 얼마나 오래 탈 수 있을까요? 저의 시는 한 권의 책을 태울 수 있는 불쏘시개도 되지 못합니다. 저의 광증은 언어의 무한대로 향합니다. 저는 어릴 적 늑대의 혀에 머리를 맡긴 적이 있습니다. 늑대는 기절한 제 머리를 맛있게 핥을 뿐 물지는 않았다고 합니다. 그날 이후 제가 이상해졌다고 어머니는 말했습니다. 저는 어머니가 대장장이 헤르더의 연장을 만지작거리는 것을 보았습니다. 헤르더는 우리 집 굴뚝을 고

치러 와서 더 망가뜨렸습니다. 빗자루 같은 콧수염에 기름칠을 하던 아버지의 마음 역시 망가졌지요. 매캐한 검은 연기가 집을 먹어 치웠고, 전 집안의 천치가 되겠다고 결심했습니다. 그녀에게 이 이야기를 한 적이 있습니다. 그녀는 자신에게 왜 그런 이야기를 하는지 모르겠다고 했습니다. 그녀의 이름은 펠리체 스순 라이나르츠입니다. 세상의 모든 여자의 이름은 펠리체입니다. 박사님, 읽고 있나요?'

편지를 찢은 뒤 나는 거리로 뛰쳐나가 체후프교까지 쉬지 않고 걸어가 다리 아래를 바라보며 슈베르트의 가곡 「겨울 나그네-얼어붙은 눈물」을 불렀다. 펠리체는 나에게 무슨 일이 있어도 노래를 부르지 말라고 했지만 참을 수 없었다.

"죽을 때까지, 아니 죽어서도 당신은 노래를 불러서는 안 돼요. 당신의 노래는 자연의 귀를 닫게 만들어요."

나의 노래는 풍요로운 대지를 병들게 한다. 나의

노래는 꽃을 시들게 하고 풀잎을 마르게 한다. 입술에 버터를 바르고, 머리를 단정하게 빗고 불러도 마찬가지다. 펠리체는 떠났고, 그러니까 나는 노래를 불러야 한다. 나 대신 나의 노래가 다리 아래로 몸을 던졌다. 나는 살아 돌아왔지만 걸을 때마다 몸에서 물이 뚝뚝 떨어지는 것만 같았다. 여느 시인처럼 나에겐 쓰다 만 시가 가득하다. 그중 한 편은 이렇게 시작한다.

'당신은 떠났고, 당신 때문이 아니라 모든 것이 시처럼 느껴진다.'

나는 문을 걸어 잠그고 포크로 접시를 긁었다. 상처 난 태양이 내 집을 비췄다. 나는 오랫동안 집에 머물렀다. 하지만 나는 내 집에 무엇이 있는지 점점 모르게 되었다. 집에 대해 무지 상태에 이르자 갑자기 모든 게 시처럼 느껴지게 되었다. 시는 집에도 있고 거리에도 있다. 그리고 집을 나오는 순간에도 시는 있다. 그렇다. 나는 괴테를 덮고 한 편의 시를 쓰기 위해 집을 나왔다. 양철 지붕과 빗물받이와 눅눅한 2층 뒷방과 여닫을 때마다 '삐끼오달뾰죠오' 소리가 나는 덧문과 나의 흥추를 움켜쥐고 쉽게 놓아주지 않는 누런 침대와 행복하고 불행한 떡갈나무 책상과 잠시 결별한다. 모든 게 움직인다. 움직이는 모든 것은 시다. 움직이는 모든 게 시라고, 장 드 뉴벨은 물이 든 술잔을 만지며 말했다. 하지만 장 드 뉴벨은 더 이상 이곳에 없다. 움직이는 모든 게 시라는 것을 증명하기 위해 장 드 뉴벨은 고향인 오스트리아로 돌아가 군에 입대했고, 훈련 중 총기 사고로 두개골이 날아갔다. 장 드 뉴벨의 본명은 루돌프 에버하르트이고, 나보다 두 살 어렸지만 나의 친구이자 유일한 선생이었다. 그는 나에게 불어와 시와 역사와 절망을 가르쳤다. 나는 가끔 장 드 뉴벨의 머리둘레를 떠올리며 잠들곤 한다. 다음 날이면 어김없이 나이트캡이 벗겨져 있었다. 나는 장 드 뉴벨이 주고 떠난 나이트캡을 까뒤집으며 중얼거렸다.

"장 드 뉴벨, 나를 또 찾아온 거야? 무슨 말이든 해줘. 나는 이제 너의 말을 전적으로 신뢰할 수 있어."

나는 머리를 흔들며 두리번거렸다.

"시인은 두리번거리는 자야."

장 드 뉴벨은 말했다.

공원 언덕에서 마부가 흰말의 엉덩이를 어루만지고 있다. 나는 먹구름처럼 그곳으로 다가갔다.

"만져도 되나요? 그러니까 손으로."

나는 손을 들어 올렸다. 마부가 나를 빤히 쳐다보았다. 시간이 많이 흘렀다. 마부가 고개를 흔들며 말했다.

"로제는 뭅니다."

나는 전나무에 손을 문질렀다. 마부가 로제의 엉덩이를 때리자 몸을 부르르 떨었다. 어떤 수치심을 느낀 나는 흰말 로제가 마부의 귀부터 씹어 먹는 상상을 하며 공원을 떠났다. 돌아와요. 돌아와. 돌아와 나랑 놀아요. 누군가 나의 팔을 잡았다. 그건 1913년 11월 20일의 찬바람이었다. 나는 외투의 깃을 세웠다. 깃은 힘없이 풀어졌다. 묘지를 지났고, 어떤 유령도 나를 유혹하지 않았다. 다리를 건넜고, 어떤 강물도 나를 유혹하지 않았다. 사창가를 지났고, 어떤 여자도 나를 유혹하지 않았다.

계속 걷다가 모퉁이를 돌자 식당 포세이돈이 나왔다. 등에 갑충을 이고 있는 것만 같은 지배인의 안내를 무시하고 나는 창가 자리에 앉았다. 식탁보의 얼룩을 따라 손가락으로 그림을 그렸다. 넌 여기서 빠져나갈 수 없을 거야. 딱딱한 빵을 생선 수프에 적셔 먹으며, 나는 시를 쓰기 위해 안주머니에서 수첩과 펜을 꺼냈다. 수첩에 시 대신 식탁보의 얼룩 그림을 그렸고, 메모를 했다.

'넌 여기에서만 아무 데나 갈 수 있어.'

부도덕한 문법이다. 하지만 나는 부도덕한 문법이 더 많아져야 한다고 생각한다.

'나의 기쁨Freude이신 프로이트Freud 박사님, 부도덕한 문법 사용자의 심리 성향과 언어 사례를 연구해주세요.'

프로이트 박사는 양복 주머니에 손을 넣으며 답할 것이다.

'나는 당신의 말을 내 귀에 담아둘 수 없소. 당신의 말은 내 연구 바깥에 있소.'

나의 비장은 조금 더 딱딱해질 것이다. 장 드 뉴벨의 예언처럼 머지않아 유럽에 전쟁이 일어날 것이고, 나의 말Sprache은 말Pferd이 되어 프로이트 박사의 연구 바깥으로 나가 호기롭게 독이 든 풀을 뜯어 먹고 죽게 될 것이다. 나는 사변적 망상의 옷을 벗어 식당 의자에 아무렇게나 걸쳐 놓았다. 옷이 의자에서 미끄러져 바닥으로 떨어졌다. 나는 옷이 꼼짝 못하게 발로 밟았다.

창밖으로 연극 연출가 비나바우가 걸어가는 모습이 보였다. 무언가 생각에 잠겨 있는 것처럼 보이지만, 속아서는 안 된다. 비나바우는 언제나 생각에 잠긴 표정으로 아무 생각 없이 걸어가는 자이다. 올봄에 그가 연출한 「신전 아래 여인」을 펠리체와 함께 보러 간 적이 있었다. 연극은 도전적이지만 도전에 실패했다. 국립 극장 앞에서 펠리체는 주인공 그레타 하보가 자신과 닮지 않았냐고 말했다.

"특히 멜론을 들고 사랑 고백할 때가 그랬어요."

나에겐 최악의 장면이었다. 콧수염이 붙어 있는 멜론이 나 같은 유대인을 조롱했기 때문이다. 유대인 청년 모임에 더 이상 가지 않는 나는 유대 민족의 소속과 세속에서 거리를 두고 있지만, 그 장면을 보고 피가 거꾸로 솟는 것만 같았다.

"시를 쓰다니, 너는 유대 민족의 얼굴에 침을 뱉으려는 게냐."

굴뚝 고리에 걸린 지빠귀를 구하려다 떨어져 평생 다리를 절게 된 아버지의 목소리가 들리기도 했다.

나는 펠리체를 빤히 쳐다보았다.

'펠리체, 나와 결혼할 수도 있다고 말해주지 않을래요? 펠리체, 당신 때문에 머리카락이 자꾸 엉켜요. 펠리체, 내 마음과 내 머리를 좀 아껴주면 안 될까요? 펠리체, 우리 이제 연극은 그만 봐요. 무언가를 봐야 한다면 영화를 봐요. 이제 영화의 시대가 열릴 거야.'

펠리체는 나와 팔짱을 낀 뒤 다른 손으로 팔 안쪽 살을 꼬집었다. 아팠다. 아팠지만 비명을 지를 수는 없었다. 비명은 연극배우들이 하는 행위다. 연극은 언제나 나를 불안하게 한다. 배우가 무대를 벗어나 나에게 다가올 것만 같아 두렵다. 다가와 내 머리를 헝클어트리고 팔 안쪽 살을 꼬집을 것만 같다. 나는 비명을 지를 수 없어 기절하고 말 것이다. 영화는 그렇지 않다. 영화는 안전하다. 영화는 흑백의 마술 잉크로 내 영혼을 부드럽게 만든다. 공포와 전율의 형식을 갖고도 내 영혼을 부드럽게 한다.

창은 하나의 영화이다. 언젠가 독일 잡지 「영화책

KinoBuch」에서 읽었다. 그렇다면 나는 지금 영화를 보고 있는 것이다. 창밖의 영화에서 비나바우가 생각에 잠긴 척 걸어가고 있다. 그는 방금 자신을 방문한 관객을 죽였고, 시체를 잘못 처리했다고 믿고 있다. 도덕에 반항하는 네덜란드인 비나바우가 까만 점이 되어 사라지면 또 다른 영화가 시작된다. 이번엔 세 아이가 공놀이를 하는 장면이다. 아이 중 하나는 공을 보며 좋아하는 여자애 오틀라의 얼굴을 떠올린다. 오틀라의 머리가 광장을 굴러다니고, 아이가 바람을 물어뜯으며 따라간다. 극장에서는 영화가 나의 시간을 지배하지만, 창밖의 영화는 내 마음대로 조정할 수 있다. 창밖의 영화를 보는 나는 극장이다.

비나바우는 인터뷰에서 영화를 경멸한다고 했다. 영화가 연극을 잡아먹을 거라고 했다. 연극이 영화에 잡아먹히기 전에 영화를 경멸하면서 소멸시켜야 한다고 했다. 이제 자신이 연극을 하는 사명감 중

하나는 영화에 대한 경멸에 있다고 했다. 비나바우는 자신의 연극이 점점 안 좋아지는 이유가 관객을 영화에 빼앗겼기 때문이라고 믿고 있을 것이다. 연극의 허술함과 빈곤함을 관객의 무지함으로 돌려 막고 있는 것이다. 그렇다면 시는 어떤가. 나는 장 드 뉴벨이 읽어준 랭보의 문장을 기억해야 한다.

'그런 건 없다Elles n'existent pas.'

어쩌면 나는 영화 기술을 배워야 할지 모른다. 이탈리아 베로나로 떠나 토리노를 거쳐 프랑스 리옹에서 영화의 고장인 파리로 가는 것도 좋을 것이다. 영화가 시작된 공장의 퇴근 시간으로, 열차가 도착하는 곳으로 가야 한다.* 어떤 경이로움 속에서 영화라는 광학 기계를 만지작거려야 한다. 나는 새똥의 그림자로 얼룩진 손가락을 동그랗게 말았다. 장

---

* 초기 영화로 기록된 프랑스 뤼미에르 형제의 「공장 노동자들의 퇴근(1895년 3월 22일 상영)」, 「열차의 도착(1895년 12월 28일 상영)」을 가리킨다.

드 뉴벨은 말했다.

"우리의 시각과 지각이 이미지의 비닐 막을 통해 어떻게 연결되어 있는지 영화는 실험해야 해. 그렇지 않으면 영화는 태어나지 말았어야 해. 어쩌면 영화는 통속극처럼 관객의 취미를 쫓다가 곧 숨을 거둘지도 몰라. 영화가 시체 상태로 영속한다면 언젠가 세상의 모든 사람은 영화이자 극장이 될 거야. 영화는 결국 몰취미의 산업으로 전락해 우리의 감각과 지성을 마비시킬 거야. 이제 우리의 글은, 너의 시는 영화의 속도와 함께할 거야."

장 드 뉴벨은 계속 말했다.

"자, 나를 따라 해봐."

나는 손가락을 동그랗게 말아 눈에 붙이고 빌코바 거리를 보았다.

"봐, 빛을 모으니 세상이 다르게 보이지. 세상이 다르게 보이면 우리의 사유도 달라지고, 사유가 달라지면 우리가 쓰는 글도 달라지는 거야. 그리고 무엇보다 이렇게 나는 영화가 나한테 도착하기 전부터 이미 내 몸으로 영화를 보고 있었어. 내 몸은 섭씨 37도 2부의 광학 기계야."

나는 동그란 손을 눈에 대고 창밖을 바라보았다. 빛 모으기. 세상을 보는 작고 깊은 구멍. 풍경의 초점화. 신체의 영화 속에 안개가 가득하다. 안개가 걷히면 눈보라가 친다. 눈보라가 그치고, 창밖의 영화는 이제 최초의 사진인 조제프 니세포르 니에프스의 「그라의 창문에서 본 조망」이 되었다가 검은 화면으로 바뀌고 몇 줄의 시가 된다. 함부르크의 시인 바르톨트 하인리히 브로케스의 시 「검증된 눈 보조기」의 일부다.

'그냥 우리의 양손 중에 한 손을 오므리고/ 눈앞에 망원경 모양으로 들고 있기만 하면/ 사물이 보이는 그 작은 구멍을 통해/ 모든 풍경의 세부 요소가

제각기 그 자체로 풍경이 되니'*

　그렇다. 장 드 뉴벨은 분명 브로케스의 시에서 영
향을 받았을 테지만, 자신이 대단한 발견을 한 것처
럼 말했다. 더 이상 따져 물을 수가 없다. 장 드 뉴벨
은 사라졌고, 그 때문이 아니라 모든 말이 되살아난
다. 장 드 뉴벨의 말이 나선형으로 꼬인 내 마음 둘
레를 넓힌다. 나는 이제 장 드 뉴벨의 말을 전적으
로 신뢰할 수 있다. 장 드 뉴벨은 죽었고, 펠리체는
떠났다.

　'친구는 죽었고, 애인은 떠났다.'

　나는 이렇게 시작하는 시를 쓸 수도 있다. 쓰지
않을 것이다. 쓰지 않을 것이다. 쓰지 않을 것이다.
밤이 오기 전에 세 번 부정했으니 이루어질 것이다.
밤이 오려면 멀었다. 더 이상 밤을 기다릴 수 없는
나는 밤을 찾아 일어났다. 밤을 모아 가둔 곳. 밤의

---

*『광학적 미디어: 1999년 베를린 강의』(프리드리히 키틀러, 윤원화 옮김,
현실문화, 2011, p.141)에서 인용.

공원. 밤의 광장. 밤의 발코니. 밤의 숲. 밤의 언덕. 밤의 골목. 밤의 유리집. 밤의 꿈. 한낮의 밤.

나는 지금 극장 건너편에 서 있다. 그랑 테아트르 '비오 엘리테'Grand Théâtre 'Bio Elite'. 처음 온 곳이다. 아니다. 몇 번이고 모른 척 지나간 곳이다. 나는 이곳을 지날 때마다 어떤 유혹을 물리치기 위해 걸음을 재촉했었다. 프라하에서 이곳을 모르는 사람은 드물다. 극장 왼편에는 노동자재해보험회사가, 오른편에는 칼초니 이발소가 있다. 잠시 수염을 깎고 머리를 정돈해볼까 생각하며 주머니에 손을 넣어 동전을 만졌다. 영화 구경이냐, 머리 정돈이냐. 나는 주머니에서 동전을 꺼내 던졌다. 앞이면 영화 구경, 뒤면 머리 정돈이다. 공중으로 동전을 던졌다. 동전은 하늘로 솟았다. 하늘로 솟은 동전이 반짝이며 날아갔다. 돌아와. 널 가만두지 않을 거야. 동전은 빛을 내며 사라졌다. 미안해. 날 용서해줘. 나는 이제 동전과 나의 계급 관계를, 의식의 흐름을 거스르는 물리 법칙을 연구해야 할지 모른다.

"언젠가 화폐 대신 지문이 곧 계급이 되는 사회가 올 거야."

장 드 뉴벨은 나에게 돈을 빌리며 말했다.

"곧 뉴턴을 완전히 부정할 수 있는 이론이 나올 거야."

장 드 뉴벨은 나에게 사과를 던지며 말했다. 나는 이제 그의 모든 말을 믿는다. 나는 또다시 손으로 머리를 헝클어뜨렸다. 더 이상 헝클어질 수 없을 만큼 헝클어뜨렸다. 나의 머리는 점점 하인리히 호프만의 동화 『더벅머리 아이』처럼 되어간다. 이발소에서 한 남자가 나온다. 회색 양복에 깃털 달린 펠트 모자, 긴 우산을 들고 콧수염을 멋지게 정리한 신사다. 이발소가 또다시 나를 유혹한다. 게오르크 뷔히너의 『보이체크』 같은 인간이 면도를 해주면 좋을 것이다. 나는 그에게 내 모든 것을, 그러니까 면도날에 내 목이 그어지는 것까지 맡길 수 있다. 하지만 이제 보이체크 같은 인간은 없다. 독일에도 없고, 오스트리아에도 없고, 스위스에도 없고, 내가 사랑하고 증오하는 체코에도 없다. 보이체크가 숨 쉴 수 있는 문화의 공기가 없다. 빈곤층과 노동자, 예술가들에게 보다 더 가혹한 도덕을 요구하고, 정치적 압박을 가하고 있다. 우리는 모두 머리를 뽑아 굴려야 할지 모른다. 정신을 차리자. 정신을 차리지 말자. 장 드 뉴벨은 스스로 머리에 총을 쏜 것이 아닐까.

장 드 뉴벨의 차갑고 딱딱한 손이 내 머리를 감싸 쥐고 돌린다. 너는 이제 네 눈앞에 있는 것을 마주하고, 네가 가야 할 길을 가렴. 나는 그의 목소리를 찾고, 극장 앞의 극장지기를 바라본다. 여장 배우처럼 분을 바른 얼굴, 삐쩍 마른 몸에 꼭 맞는 양복, 앞코가 반짝거리는 구두, 영화 전단을 들고 일본 인형처럼 움직이고 있다. 아버지의 먼 친척인 떠버리 죠죠다. 그는 나를 알아보지 못한다. 당연하다. 그는 내가 누구인지 모른다.

"떠버리 죠죠가 칼초니 이발소 옆 극장에서 광대 일을 한다더라. 그곳에 얼씬도 하지 말아라. 아무 데 서나 바지를 내리고 그 까만 것을 꺼내 들고는. 빌어 먹을 죠죠의 아버지 말이다. 그 녀석은 그의 아들 이다. 집시들과 어울려 다니더니 결국. 요제프, 너도 영화라는 걸 봤니? 영화는 사람을 미치게 만든다고 하더라."

아버지는 말했다. 떠버리 죠죠는 어릴 적 별명인 데 언청이에 지독하게 말이 없어 붙였다고 했다. 아 버지는 떠버리 죠죠 부모에게 사기를 당했다고 어머 니는 말했다.

"하지만 네 아버지의 말을 믿을 수가 있겠니? 너 의 아버지는 죠죠 엄마를 좋아했단다."

어머니는 찬 겨울 얼어붙은 빨래를 든 채 이를 악 물고 있었다.

"요제프, 이 빨래가 녹으면 난 집을 떠날 거란다."

전 어머니의 말을 믿을 수가 없어요.

떠버리 죠죠가 외형과 어울리지 않게 과장된 목
소리로 영화를 광고한다.

"모험과 슬픔의 대서사시 「선착장의 불행」! 행복
해지고 싶다면 행복한 영화 「롤로테」! 웃어요, 인생
은 아름다워라, 「마침내 홀로」! 이 세 편을 모두 일
반 요금으로! 잘생긴 젊은이여, 영화를 보세요!"

떠버리 죠죠, 나는 당신의 말을 믿을 수 없어요.
나는 지금 극장 앞에 있고, 그가 나를 영화로 유혹
한다. 그의 입에서 청어구이 냄새가 난다. 나는 떠버
리 죠죠의 안내로 극장 안으로 들어가려 했다. 그가
나의 등을 떠밀다시피 안으로 밀어 넣었다. 그의 손
바닥 힘에 하마터면 앞으로 꼬꾸라질 뻔했다. 극장
문이 닫혔다.

「백색 노예」, 「다른 사람」, 「바람둥이 여자」. 지난
영화들의 포스터가 붙어 있는 극장 로비는 서늘했
고, 텅 비어 있었다. 작은 아치의 매표창구에는 사
람이 없었다. 나는 매표창구 안으로 머리를 쑥 들이

밀었지만, 그게 그러니까 그 안으로 순식간에 빨려 들어갈 수 있었다, 누구를 불러야 할지 몰라 망설였다. 순간 무언가 커다란 입 같은 것이 내 머리를 움켜 물었다. 부드러운 살덩이 속처럼 내 머리를 굴리며 물고 뱉기를 반복했다. 머리가 점점 부풀어 올랐다. 더 이상 부풀어 오를 수 없을 때까지 부풀어 올랐다.

"빵!"

급기야 내 머리는 터져버렸다. 내 머리와 함께 극장도 폭발했다. 나는 지금 극장의 잔해 속에서 시를 쓰고 있다. 거짓말이다. 나는 나의 몸이 영화 속으로 들어온 것만 같은 착각에 빠졌고, 착각에 내 몸을 더 들이밀고 싶었다.

좀 더 두리번거리다 어떤 계시를 느껴 화장실을 찾아 방향을 틀었다. 파란색 카펫이 깔린 작은 회랑이 이어졌다. 걸을 때마다 발이 모래 속에 빠지는 것만 같았다. 드넓은 화장실에서 볼일을 볼 때 누군가 양동이를 걷어차며 들어왔다.

"넌 왜 내 말을 믿지 않은 거야? 넌 자꾸 날아가려 하고. 난 널 탈 수도 없는데. 넌 내가 네 안으로 쏙 들어가길 원해? 내가 어떡하면 좋아. 차라리 이렇게 널 차면서. 차면서."

누군가의 목소리가 나를 위협하고 귀를 긁었다. 쥐가 찍찍거리는 소리 같았다.

"너를 찼는데 잘 찬 거 같아. 하지만 계속 찰 수 있을까. 이렇게 차기만 하면서."

양동이가 이리저리 차이며 요란한 소리를 냈다. 아! 그 소리를 언어로 흉내 낼 수 있다면! 나는 한 손엔 바지를, 한 손엔 작고 하얀 것을 움켜쥐고 가만히 있었다. 뒤를 돌아볼 수 없었다. 시인은 뒤를 돌아보지 않는 자야. 장 드 뉴벨은 말하지 않았다. 양동이 소리에 내 몸이 얼어붙었지만 양동이도 양동이를 걷어차는 사람도 좀처럼 나에게 다가오지 않았다. 그 사람은, 과연 사람이 맞을까, 마치 내 존재를 모르고 있는 것 같았다. 잠시의 정적.

"미안해. 차서. 널 차서. 다신 널 차지 않을 거야."

내 짐작으로 그가 양동이의 옆구리를 간지럽히며 화장실 밖으로 나가는 것 같았다. 등에 소름이 돋았다. 펠리체는 내 등에 난 여드름을 터트리며 웃었었지. 요놈, 요놈, 요 더러운 것, 하면서 좋아했지. 나는 바지를 올렸다.

"이런 개 같은!"

나도 모르게 터진 말을 수습하기 위해 휘파람을 불었다. 휘파람에 실패했다. 화장실을 나와 몇 걸음 걷자 구두에 끈적끈적한 액체가 묻어났다. 위를 올려다보았다. 그 순간 천장에 매달린 은색 방울이 내 얼굴에 떨어졌다. 나는 입을 벌렸고, 은색 방울이 목구멍 깊숙이 들어왔다. 뭐가 이렇게 시지. 맛을 느끼려던 찰나 은색 방울이 우박처럼 내 얼굴에 쏟아졌다. 따가울 것 같았지만 부드럽고, 차가울 것 같았지만 따뜻했고, 들러붙을 것 같았지만 미끄러졌다. 눈을 뜨려고 했지만 소용없었다. 수은 방울이라고 불러도 좋을 은색 방울이 내 몸을 꼼짝 못 하게 했다. 물속에 들어간 것처럼 어디선가 목소리가 들려왔다.

'내 입술은 조그만 거울이에요.'

내가 눈을 떴을 때 영화는 계속되고 있었다. 아주 잠시 눈을 감았는데, 긴 꿈을 꾼 것만 같았다. 영화 같은 꿈에서 깨고 다시 어둠에 익숙해진 눈을 깜빡였다.

'이 실크 모자 괜찮지 않나요?'*

배우는 말하지만 나는 듣지 못한다. 배우의 말은 글이 되어 나의 입술을 움직이게 한다. 나는 잠이 덜 깬 눈을 깜빡이며, 영화의 중간 자막을 소리 내 읽었다. 뒤에서 누군가 조용히 하라고 했다. 화들짝

---

* 카프카가 1913년 11월 20일 본 영화 「마침내 홀로」의 한 장면. 『카프카 영화관에 가다』(한스 치쉴러, 이은희 옮김, 영림카디널, 1997, p.157)에서 인용.

놀란 나는 물속으로 잠수하듯 상체를 의자 깊숙이 내렸다.

"그만 닥치라고! 뭐가 슬프다는 거야. 이 까마귀 같은 녀석아. 그만 좀 징징거려라."

그 목소리는 나를 향한 것이 아니었다. 나의 앞줄 오른쪽 구석에서 한 남자가 울고 있던 것이다. 손으로 눈물을 찍고 있는 것처럼 보였다. 짧은 머리에 왼쪽 귀가 쫑긋 서 있었다. 나는 어둠 속에서 오른손을 동그랗게 말아 그를 담았다. 나는 손을 오므렸다 폈다 하면서 구멍의 크기와 빛과 어둠의 농도를 조절했다. 내가 만약 영화를 만든다면 영화관 장면에서 시작할 것이다. 아니, 영화관이 전부인 영화를 만들어야 한다. 영화를 보면서 영화는 영화관을 위해 헌신해야 한다는 것을 알릴 것이다. 영화는 영화관을 위해 무엇을 할 수 있는가. 그렇게 나는 영화에 도전하고 실패할 것이다. 영화관은 영화의 공간이 아닌 두리번거리는 공간이다. 중간 자막에는 영화의 맥락과 별개로 나의 시가 노출될 것이다.

'친구는 죽었고, 애인은 떠났다. 그는 지금 영화를 보고 있다.'

나의 시로 영화는 더 엉망이 될 것이다. 아무려나. 나는 지금 나에게 도착한 이 영화를 지켜야 한다. 이제 나를 유혹하는 영화가 바뀌었다. 화면의 흑백 영화와 달리 나는 영화관에 있는 한 남자가 등장하는 색채 영화를 보고 있다. 화면의 무성 영화와 달리 나는 영화관에서 울고 있는 한 남자가 등장하는 소리 영화를 보고 있다.

'검은색 물체는 같은 크기의 흰색 물체보다 작게 보인다.'*

내가 머릿속으로 밑줄을 그어 놓은 괴테의 『색채론』 문장이 말풍선이 되어 영화관을 떠다니기 시작한다. 지금 내 손에 담긴 우는 남자는 검고 그 어떤

---

* 『색채론』(괴테, 권오상·장희창 옮김, 민음사, 2003, p.51)에서 인용.

것보다 작다. 작은 화면이다. 하지만 내 감각과 감정을 흔들고 있다. 나는 주먹을 쥐어 내 광학 기계를 납작하게 접고, 우는 남자를 으깨버릴 수도 있다. 남자는 영화관의 유령 혹은 유물이 아닐까. 아니, 남자는 영화관의 작고 영롱한 수은 방울이다. 내가 많은 것을 망상하듯이 영화관 또한 망상의 공간이 아닐까. 남자는 이제 어깨로 울고 있다. 위아래로 들썩거리는 어깨가 검은 파도처럼 일렁이고 있다. 누가 저 남자에게 돌을 던져 검은 파도를 깨뜨릴 수 있을까. 관객들의 웃음소리가 들린다. 뒤늦게 화면으로 눈을 돌리니 상점 주인이 커다란 치즈에 손가락을 찔러 넣는 장면이다. 무엇이 웃기다는 것일까. 남자는 자신의 어깨를 잠재우려는 듯, 양팔을 X자로 겹쳐 양어깨를 잡고 있다. 마치 무거운 군장을 짊어진 군인 같다. 남자는 정지된 화면처럼 더 이상 움직임이 없다. 중간 자막이 나타나야 할 순간인지 모른다.

'그가 짙어지고 있는 것은 그라는 거대한 환영입니다.'

나는 무언가 잊고 있던 사람처럼 구두를 벗은 발을 바닥에 비볐다. 잠들기 전 구두를 벗어놓았다. 영화관에 오면 나는 구두를 벗는 습관이 있다. 구두를 벗은 발을 서늘한 바닥에 놓으면 어둠이 온몸으로 스며드는 것만 같다. 이런 은밀한 느낌이 시와 연결될 수 있다고 믿는다. 작은 일탈로 어둠의 속삭임, 성스러운 동시에 부도덕한 시에 다가갈 수 있다. 나는 어둠 속에서 광기 가득한 은총의 빛을 흡수하며 아무도 모르게 소리 없는 시를 쓴다. 나의 시론은 극장의 맨발론이다. 오늘은 어제와 다를 바 없는 이상한 날이다. 장 드 뉴벨이 죽고, 펠리체가 떠나고, 하루도 이상하지 않은 날이 없었다. 아니, 그들이 등장하기 전부터 나의 삶은 누군가의 꿈속을 헤매는 것만 같았다. 나는 오늘도 빈약한 언어의 램프를 들고 꿈의 끝을 찾아가고 있다.

나는 지금 극장에 있다. 나는 지금 영화관에 있다. 화면 속 영화는 나와 무관한 삶이다. 내 앞에 앉은 한 남자가 울었다. 내 앞에 앉은 한 남자가 어깨로 울었다. 우는 어깨를 잠재우기 위해 그는 자신의 어깨를 부여잡고 있다. 나는 그의 눈물을 닦아줄 수 없다. 나는 그의 어깨를 감싸줄 수 없다. 지금 나의 눈에 비친 영화는 나의 삶이다. 내 삶의 초점은 흔들리고, 삶의 장면은 맥락이 없다.

　무엇보다 사사롭지만 시급한 일이 있다. 나는 지금 구두를 찾아야 한다. 내 발 옆에 벗어놓은 구두가 사라진 것이다. 내 오른쪽과 내 왼쪽에는 아무도 앉아 있지 않다. 영화 상영 중에 뒤를 돌아보는 것은 이상한 짓이다. 나는 뒤를 돌아보았다. 바로 뒤 열에는 아무도 앉아 있지 않았다. 몸을 뒤틀 수 있는 만큼, 발을 뻗을 수 있는 만큼, 움직여 구두를 찾으려 했지만 소용없었다. 발바닥이 점점 뜨거워지고 있다. 그사이 영화가 끝나고 사람들의 웃음과 한두

군데서 박수소리가 들려왔다.

불이 켜졌고, 사람들이 하나둘 일어나 밖으로 나간다. 뒤에서 누군가 말했다.

"저 녀석은 베를린에 있는 애인 때문에 맨날 울고 다닌대."

그리고 시시덕거리는 소리. 나에게 힘과 용기가 있다면 당장 달려가 그들에게 주먹을 휘두르고, 다리로 걷어차고, 머리를 들이박을 것이다. 나는 피투성이가 되어 영화관 화면에 던져질 것이다. 남자는 여전히 미동도 없다. 그는 흰 화면처럼, 흰 종이처럼 납작해진 것만 같다.

사람들이 모두 떠났다. 이제 영화관에는 남자와 나뿐이다. 그는 울음 때문에, 나는 구두 때문에 일어나지 못하고 있는 것인가. 이대로 영화관의 먼지가 되어도 좋은가. 나는 일어나 구두를 찾기 위해 어슬렁거렸다. 내가 영화 속 배우라면 구두를 찾을 의욕을 잃은 것처럼 성의 없이 찾고 있는 연기를 하고 있는 것이다.

영화관에 종이 울린다. 모두 그만 떠나라는 신호다. 그제야 남자가 종이를 말듯이 어깨를 동그랗게 구부렸다 폈다. 삐끼오덕. 의자가 뒤틀리는 소리가 들렸다. 남자가 옆자리에 놓여 있는 검은 모자를 쓴 뒤 모자의 챙을 빙글 쓸어본다. 남자가 몸을 일으켰다. 생각보다 외형이 호리호리하고 훤칠하다. 순간 그가 뒤를 돌아 나를 쳐다보며 미소를 짓는다. 엉거주춤하게 서 있던 나는 놀라 뒤로 넘어질 뻔했다. 그의 한 손에는 나의 구두가 들려 있었다. 쓰러질 것만 같아 의자 머리를 꽉 붙들고 무게를 지탱했다. 그의 얼굴은 인간보다 새의 형상을 닮아 있었다. 어디선가 본 것만 같다. 어디서 봤을까. 그는 누구일까. 그리고 어떻게 나의 구두를 가져갈 수 있었을까. 돌려주세요. 그건 제 구두입니다. 나의 속말을 읽었는지 그가 공을 굴리듯이 구두 한 짝을 바닥으로 밀어 나에게 닿게 했다. 틀림없는 나의 왼쪽 구두였다. 나는 강물에 빠뜨린 구두를 건져낸 것처럼 기쁘면서도 난처한 상태에 이르렀다. 남자가 오른쪽 구두를 흔들며 나에게 신호를 보냈다. 이번엔 아이처럼 천진한 표정이다. 저 사람은 좀 전까지 극장에서 울던 사람이 맞을까. 그는 외투 자락을 날리며 큰 걸음으로 자리를 떠난다. 나는 무언가에 홀려, 아니 오른쪽 구두를 돌려받기 위해, 서둘러 왼쪽 구두를 신고 그를 따라간다. 영화관을 빠져나가는 그는 돈키호테이고, 종종걸음으로 그를 따라가는 나는 산초 판사이다.

로비로 나가자 떠버리 죠죠와 한 남자가 빵을 뜯어 먹고 있었다. 베레모를 쓰고 줄무늬 셔츠에 기름때가 전 멜빵바지를 입고 있는 남자는 극장의 영사기사처럼 보였고, 나는 그렇게 믿기로 했다. 둘이 그를 알아보고 손을 흔들었다. 교묘하게도 그는 외투 안쪽에 내 구두를 숨기고 그들에게 고개를 숙여 인사했다. 그들이 익숙한 듯 미소로 화답했다. 뒤이어

나를 본 그들이 웃음을 터트렸다. 영사 기사의 입에서 튀어나온 빵조각이 내 발치에 떨어졌다.

"젊은이, 극장에서 무언가를 잃어버렸다면 찾는 것을 포기하게나. 영화에 빠져 영혼을 잃은 사람도 많다네."

영사 기사의 말에 떠버리 죠죠가 허리를 휘청거리며 웃었다. 영사 기사는 작은 구멍으로 영화관을 내려다보며 나와 그의 모든 것을 지켜봤을 것이다. 영사 기사의 눈에는 우리는 그저 그림자극의 종잇장일지도 모른다.

'나는 잃은 것이 아니라 빼앗긴 겁니다. 바로 저 앞의 까마귀 같은 녀석한테 말입니다.'

내가 머뭇거리고 있자 그가 다시 뒤를 돌아보았다. 그의 미소 띤 얼굴에 은빛 음영이 드리워 있었다.

극장을 나오니 밤이었다. 그가 몇 걸음 걷다 비오엘리테 옆의 노동자재해보험회사 건물을 올려다보더니 입술을 주둥이로 만들어 삐죽 내밀었다. 잠시

후 고개를 홱 돌려 걸음을 재촉했다. 그와 나는 어느 정도 거리를 유지하며 걸었다. 그는 내가 따라오면서 붙잡지 못하게, 나는 그를 따라가면서 붙잡을 수 없게 걸었다. 왜 그래야 했을까. 찬바람이 불어온다. 같은 땅을 밟고 있으나, 왼쪽과 오른쪽 발의 느낌이 다르다. 이상하게 구두를 신은 왼쪽 발이 더 부끄럽다. 더 아프다. 그가 고개를 살짝 돌리며 기침을 한다. 크툴루후. 기침소리가 이상하다. 기침소리가 내 시간을 거슬러 올라가게 만든다. 그렇다. 나는 저 기침소리를 들은 적이 있다. 나는 그를 기억해낸다.

내 기억이 맞다면 그는 프란츠 카프카라는 소설가다. 작년 12월 나는 장 드 뉴벨을 따라 슈테판 대공 호텔 2층 거울홀에서 그를 봤다. 무슨무슨 협회 초청 자리에서 몇 사람이 강연과 글 낭독을 했는데, 그중 한 명이었다. 그는 9월의 어느 밤 일기장에 쓴 최신 작품이라고 소개하며 「선고」라는 소설을 낭독

했다. 나의 삐딱한 마음으로는 자신의 작품에 보호막을 치기 위해 하룻밤 만에 썼다고 거짓말을 한 것이라 여겼다. 그는 정중하게 인사를 한 뒤 아주 천천히, 그러나 단호하게 소설을 읽어 나갔다. 때로는 어떤 감정을 억누르는 듯 목소리가 갈라져 낙엽이 바스락거리는 소리가 났다. 기침소리가 특이하기도 했다. 크툴루후. 옆에 서 있는 장 드 뉴벨은 흥미로운 듯 뾰족한 턱을 어루만지며 미간을 살짝 찌푸렸다. 무언가에 집중하고 있는 장 드 뉴벨의 옆모습은 아름다웠다. 낭독이 끝나고 프란츠 카프카는 인사를 하고 자리로 돌아가 앉았다. 몇 개의 행사가 더 남아 있었지만 장 드 뉴벨은 그만 나가자고 했다. 밤거리를 걷는 동안 장 드 뉴벨은 말이 없었다. 그러다 내 옆구리를 툭 치며 말했다.

"이상하지 않아?"

나는 걸음을 멈추고 말했다.

"이상해. 정말 이상해. 아버지가 물에 빠지라고

그대로 몸을 던지다니."

장 드 뉴벨이 나를 빤히 쳐다보았다.

"소설이 아니라 소설가 말이야. 나는 그를 몇 번 마주친 적이 있어. 막스 브로트 알지? 친구라고 하던데. 프란츠 카프카. 그는 왠지 오래 못 살 것 같아. 그리고 그가 마지막 문장을 읽었을 때 나는 오스트리아로 돌아가 군인이 되어야겠다고 결심했어."

그 순간 전동차가 지나가며 요란한 기계음을 냈다. 마차를 끌던 두 마리 말이 앞발을 들고 비명을 질렀다. 그날 우리가 프란츠 카프카를 만나지 않았더라면 장 드 뉴벨은 오스트리아로 돌아가지 않았을까.

저기, 프란츠가 내 구두를 들고 걸어가고 있다. 기억 속에서, 밤의 거리 속에서 그가 점점 친밀하게 느껴진다. 이제 한쪽 구두로 걷는 걸음도 익숙해졌다. 프란츠는 이상하다. 이상한 사람은 이상한 상태로 두는 게 좋다. 나는 잠시 멈춰서 프란츠를 바라보다가 몸을 돌려 반대 방향으로 걷기 시작했다. 예상대로 그가 따라오는 것이 느껴졌다. 누군가를 쫓아갈 때와는 사뭇 다른 초조와 긴장이었다. 한 여자가 노신사의 팔짱을 끼고 걸어오다가 내 꼴을 보고 소곤거린다. 펠리체다. 펠리체가 아니다. 나를 비웃는 모든 여자의 이름은 펠리체다.

'펠리체, 당신은 한쪽 구두만 신고 걸어 다닌 적이 있나요? 펠리체, 나는 바깥쪽으로 휘어진 당신의 엄지발가락을 사랑했습니다. 내가 그걸 얼마나 빨고 싶었는지 모를 거야.'

밤이다. 밤이 바깥으로 휘어져 있다. 걸을수록 밤이 모호해지고 무뎌진다. 거리의 사람은 보이지 않고, 달빛 아래 프란츠와 나는 걷고 있다. 프란츠가 나를 쫓고 있다. 밤이 끝날 때까지, 내가 눈앞에서 사라져도, 그는 나를 쫓을 것이다. 어떤 확신은 불가능 속에서만 가능하다. 나는 아포리아에 다다른 것처럼 막다른 골목 앞에 섰다. 무언가 딱딱한 것이

내 뒤통수를 가격했다. 바닥에 떨어진 나의 오른쪽 구두를 보자 아픔이 사라졌다. 프란츠가 다가와 내 어깨를 잡아 돌렸다.

"이렇게 하는 나를 용서해주기 바랍니다."

프란츠는 눈물을 흘리고 있었다. 눈물을 그렇게 흘리는 남자는 처음 보았다. 그의 눈물이 은빛으로 빛났다. 그 눈물은 쉽게 마를 것 같지 않았다. 프란츠는 울먹이는 목소리로 말했다.

"제 목을 졸라주시겠습니까?"

어둠과 울음 속에서도 그는 정중하고 품위를 잃지 않으려고 했다. 오늘 하루 나의 손은 바빴다. 나의 손은 너무 더럽다. 나는 더러운 손을 들어 프란츠의 길고 가느다란 목을 잡았다. 그 순간 날카롭고 뾰족한 무언가가 내 뱃속 깊숙이 들어왔다.

이 소설은 1913년 11월 20일 카프카의 일기로부터 출발한다. '영화관에 있었다. 울었다.' 카프카는 그날 세 편의 영화를 봤는데, 왜 울었는지는 알 수 없다. 카프카는 일기와 편지 등에서 초창기 무성 영화와 '카이저파노라마' 등의 영상 기계, 영화관이라는 공간에 대한 관심을 드러냈다. 영화를 문학과 비교하고, 영화가 글쓰기를 방해한다고 한동안 영화를 멀리하기도 했다. 이 소설은 미성숙한 젊은 시인 요제프가 프라하 거리를 배회하다 극장에서 프란츠 카프카를 만나는 허구의 설정을 갖고 있다. 소설 속에는 카프카가 자주 언급한 괴테와 프로이트 외에 카프카 소설에서 연상할 수 있는 인물들과 장면들이 나온다. 카프카의 소설과 맞닿는 부분을 찾는 재미는 독자의 몫으로 남겨두려 한다. 카프카는 왜 울었을까? 혹은 왜 울었다고 썼을까? 이 글을 쓰는 데 『카프카 영화관에 가다』(한스 치쉴러, 이은희 옮김, 영림카디널, 1997)를 주로 참고했다.

예언자의 꿈

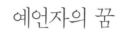

| 민병훈 |

나는 뻣뻣하고 차가웠다. 나는 하나의 다리였고,
어떤 심연 위에 놓여 있었다.

Ich war steif und kalt, ich war eine Brücke, über einem

Abgrund lag ich.

_카프카 「다리Die Brücke」에서

어느 날 그는 자신의 몸집만 한 배낭을 메고 나를 찾아왔다. 무슨 일인지 먼저 물어보길 바라는 눈치였으나, 나는 졸린 눈을 비벼가며 하품을 했다. 그는 우물쭈물하다가 먼저 말을 꺼냈다. "다리를 찾으러 갑니다." 그는 배낭에서 책을 꺼내 다음과 같은 문장을 읽었다.

어떤 관광객도 길을 잘못 들어 이 험한 높은 곳까지 이르는 일은 없었고, 다리는 지도에 아직 기입되

어 있지 않았다.

그는 책에 등장하는 다리를 찾으러 가겠다고 말했다. 정확한 위치와 지명도 모른 채. 그가 어떤 사람인지 여기서 설명하진 않을 것이다. 그는 그저 자신의 눈으로 뭔가를 직접 확인하고 싶은 사람이며, 결심에 대한 의혹을 갖지 않기 위해 걸음을 옮길 뿐이다. 그는 그렇게 나아갔다. 그는 그 누구와도 마주치고 싶지 않았다.

그는 여러 **단서들에** 대해 생각했다. 어림없는 일이다. 그가 읽은 책은 그에게 작은 실마리도 제공하지 않았고 추측 가능한 단서를 남기지 않았다. 어쩌면 그러한 시도 자체가 허무맹랑한 생각일지도 모른다. 책은 그저 읽혔을 뿐, 그의 상념에 끼어들었을 뿐, 혹은 읽는 자에 의해 마음대로 유린되도록 스스로가 그저 종이 위에 자리를 잡았을 뿐이며, 하필 잠이 오지 않는 새벽, 우연히 서가를 서성이다가, 서점에서 직접 산 것인지 누가 선물한 것인지 출처를 떠올리며 책장을 넘기는 그 시간에, 삶을 순식간에 뒤바꾸는 강렬한 사건으로 그의 의식을 통과했다. 그는 그때 흥분된 목소리로 내게 전화를 걸어 단잠을 깨웠다. 나는 그 책을 읽지 않았고 앞으로도 읽을 계획이 없다고 말했다. 누군가가 호들갑을 떨 정도로 좋다고 말하는 책은 대체로 좋은 경우가 없었으며, 좋다 한들 어쩌란 건지 대답할 말이 궁색했다.

그는 집을 나서자마자 **지갑을** 잃어버렸다. 배낭의 가장 안쪽부터 외투와 속옷, 신발 밑창을 뒤져도 지갑은 보이지 않았다. 신분증과 여비가 없는 여행이라니, 그는 시작부터 황망했다. 그는 일찍 마주치는 사람에게 도움을 구하기로 결심했다. 길에는 먹다 버린 과자 봉지와 건초 더미, 후텁지근한 공기가 뒤섞여 그의 머리 위 허공으로 날아가고 있었다. 그는 처음 만날 사람에게 전할 근사한 인사말을 준비했고 목소리를 가다듬었다. 그러다 잠들었다. 배낭을 끌어안고 잠든 그를, 이제 막 하루를 시작하기 위해 길 위로 쏟아진 사람들이 정해진 순서를 해결하듯 들여다봤다. 그는 구경거리가 된 자신을 알지 못한 상태로 깊은 잠에 들었고 꿈에서 어딘가를 걷고 있었다. 책의 내용처럼 골짜기 아래로 추락할 때 소리를 지르며 잠에서 깼다. 한 아이가 그에게 인사했다. "돌아가세요." "어디서 봤지?" 아이는 대답을 하는 대신 그에게 지갑을 돌려줬다. 지갑은 그가 회사에서 승진했을 때 사장에게 선물 받은 것으로 표면이 심하게 닳아 있었다. 당장 버려도 이상하지 않을 만큼 낡았지만, 사장은 언제 어디서든 지갑을 보며 회사를 떠올리라고 말했다. 떠오르지 않았다. 떠오르는 것은 불분명한 이유로 회사에서 쫓겨난 상사와 창고 천장 구석에 번진 곰팡이, 회의실 창문에 새겨진 누군가의 손바닥 자국 같은 것들. 그는 멀어지는 아이에게 소리쳤다. "분명히 봤어!"

그는 기차역으로 향했다. 기차역 광장에 다다르

자 비가 내리기 시작했다. 그는 점점 거세지는 빗줄기를 맞으며 광장을 걸었다. 얼굴이 따갑고 물에 젖은 옷이 무거워졌지만 개의치 않았다. 그와 같은 방향으로 걷던 사람이 우산 아래로 들어오라며 손짓했다. 그는 우산 쓴 사람을 못 본 척했다. 혹시나 시야를 가득 채운 빗줄기 탓에 자신의 호의를 못 알아본 건 아닐까, 우산 쓴 사람은 점점 그에게 다가갔다. 그는 달아났다. 광장에는 두 사람만 있었다. 멀리서 보면 고양이가 쥐를 쫓는 것처럼 긴박한 장면으로 보였을 것이다. 그들은 기차역 입구에 도착해서야 달리기를 멈췄다. "사람들이 보잖아요." 그는 **기둥에** 기대 숨을 몰아쉬며 말했다. 우산 쓴 사람은 우산을 접고는 실망한 표정을 지으며 자리를 벗어났다.

그는 옷에 묻은 물기를 털어내고 매표소를 찾아 역 안을 서성였다. 걸을 때마다 바닥에 물웅덩이가 생겼다. 그는 마른세수를 하며 매표소 직원에게 말을 걸었다. "제일 먼 곳으로 가는 기차표를 주세요."
"어제 오셨어야죠. 내일 오거나." "지금 이 시간에
출발하는 좌석으로요." "제일 가까운 도시로 가는
좌석만 남았어요. 화물칸도 괜찮으면 지금 바로 3
번으로 가요. 잠에서 깰 즈음에 도착할 거예요." 안
내원은 노란 종이를 내밀었다. 종이를 받아든 그는
고민할 틈도 없이 플랫폼으로 향했다.

　그와 나는 기차 객실에서 처음 만났다. 해가 저물
어가는 저녁, 그는 객실문을 열고 들어와 모자를 벗
으며 내 맞은편에 앉았다. 우리는 무릎이 닿을 만한
거리에서 작은 테이블을 사이에 둔 채 가끔씩 눈을
마주쳤다. 어색함을 견디지 못한 그가 먼저 창밖을
가리키며, 방금 국경을 지났는데 **풍경이** 그대로라
는 게 신기하지 않느냐고 물었다. 그는 이 노선을 자
주 타는 이유에 대해 자연스럽게 설명했고, 일주일
에 세 번이나 출장을 가는 자신의 처지를 한탄했다.
나는 여행 중이라는 말과 함께 눈을 감았다. 대화를

끝내고 싶다는 일종의 신호였지만 그는 개의치 않은 것 같았다. 결국 종착역에 도착할 때까지 대화를 나눴다. 그 이후로 우리는 자주 편지를 주고받았다.

매표소 직원의 안내대로 그는 화물칸에 올랐다. 화물칸은 텅 비어 있었다. 검수원에게 노란 종이를 건네자 의자를 꺼냈다. 그는 화물칸 중앙에 의자를 두고 앉았다. 기차 밖 풍경을 즐길 새도 없이 잠이 쏟아졌다. 그는 어디로 가는지 여정을 기억하고 싶었지만 스르르 감기는 눈꺼풀을 이겨낼 여력이 없었다. 눈에 힘을 줄수록 끝을 알 수 없는 바닥에 서서히 빠지는 느낌이었고, 잠에서 깨려는 노력을 그만두자 덜컹거리는 기차의 **움직임이** 아늑하게 느껴졌다. 그는 언젠가 비슷한 경험을 한 적이 있었는데, 정확히 기억이 나질 않았고, 기억을 떠올리려는 시도가 꿈으로 미끄러지는 가장 빠른 지름길이 되어, 그간 경험하지 못했던 숙면을 취했다. 아주 오랜만에 깊은 잠에 들어 달콤하다, 깨어나고 싶지 않다,

이대로 기차가 더 나아갈 수 없는 곳까지 함께 가고
싶다는 생각을 했고, 그러다 기차가 정차함과 동시
에 앞으로 고꾸라지는 순간에도 잠에서 깨어나지
못했다. 무슨 일인지 확인하기 위해 객실문을 열고
사람들이 쏟아져 나왔다.

검수원은 널브러진 그를 깨우는 대신 그가 잠을
떨칠 수 있도록 무엇을 어떻게 도울 수 있을지 선로
에 서서 고민했다. 옆에 누울까, 팔베개를 해줄까,
머리를 쓰다듬으며 자장가를 부를까, 차장에게 말
해 운행을 멈출까, 방법을 떠올리는 동안, 그는 잠
에서 깨어나 실눈으로 검수원을 바라봤다. 검수원
은 어느새 그의 곁에 바짝 붙어 앉아 그를 내려다보
고 있었고, 눈을 뜨자마자 누군가의 얼굴을 본다는
사실이 이렇게나 낯선 **감각이었는지**, 그는 눈을 끔
뻑대며 누운 자세로 생각했다. 다시 정신이 희미해
지던 찰나 검수원은 그에게 도착지가 어디인지 물었
다. 어떤 다리를 찾아가는 길이며 이러한 결심 외엔

아무것도 준비되지 않았다고 말했다. 그가 예상했던 반응과는 다르게—코웃음을 치거나, 박장대소하거나, 그의 생활이 여유롭다며 볼멘소리를 하거나, 집으로 돌아갈 길을 알려주는—사뭇 진지한 표정으로 그의 말을 경청했다. 쉽지 않은 결정을 쉬운 결정처럼 실행하는 그의 행동력을 칭찬하며 부러움으로 가득 찬 눈빛을 보냈다. 그는 머리를 긁적였다.

검수원은 이제 곧 밤이 찾아오니 기차에서 내려 자신과 함께 가자고 말했다. "여긴 해가 저물면 불빛이 없고 먹이와 짝을 찾는 **동물들이** 기차역 주위를 서성입니다. 위험해요." 그는 화물칸 밖으로 머리를 길게 빼 내밀었다. 기차역이라고 할 만한 장소를 찾을 수 없었다. 갈색으로 물든 평원이 지평선까지 이어져 있었다. "자, 빨리요." 검수원은 어느덧 그의 팔을 붙잡고 선로 밖 옥수수밭으로 이끌었다. 두꺼운 옥수수잎이 팔에 스치자 그는 자신이 어디에 있는지 분명하게 느낄 수 있었다. 처음 만난 사람과 처음

보는 옥수수밭을 가로질러 처음 듣는 동네에 가는
자신의 처지를 말이다. 그들은 순식간에 마을에 도
착했다.

검수원은 사람들을 불러 모아 그를 소개했다. "도
착지도 모르고 열차에 올라탄 승객입니다." 사람들
은 그에게 악수를 청했다. 머리가 하얀 노인부터 이
가 네 개만 자란 아이까지 줄을 섰다. 검수원의 지
시에 따라 순서를 기다렸다. 그는 손바닥이 얼얼해
지도록 사람들과 악수했고 하룻밤 묵을 집을 안내
받을 때에야 비로소 사람들에게서 벗어날 수 있었
다. 누군가는 악수한 손에 힘을 잔뜩 주고 말했다.
"그런 건 잊고 여기 계속 지내는 건 어떻소?" 검수원
은 좋은 생각이라며 그의 등을 쓸어내렸는데, 순간
어릴 적 얼음으로 뒤덮인 강물 아래에 빠졌던 기억
이 떠올라 온몸에 한기가 들었고, 몸을 떨었고, 놀
란 검수원이 손을 거두며 사람들에게 이제 그만 뒤
로 물러서라고 말했다. 그는 어째서 이런 순간에 그

런 기억이 떠오르는지 알 수 없었다. 그는 웃었다. 사위가 점점 어두워지고 있었다.

한번 설치된 다리는 부서지지 않고서는 다리를 그만둘 수가 없다.

첫 만남 이후 편지로 서로의 근황을 주고받은 지 한 달이 지났을 때, 그는 별안간 식사를 제안했다. 우리는 이제 막 눈이 녹기 시작한 산 아래에서 만나 함께 걸었다. 나무로 지어진 이층집 마당에서 닭과 토끼가 서로에게 기댄 채 졸고 있었다. 그는 삶의 따분함과 무료함을 견디는 방법에 대해 말했고, 나는 삶의 따분함과 무료함과 지겨움에 **익숙해지는** 방법에 대해 말했다. 그는 여러 방법을 경험한 뒤 늦게나마 책을 읽기 시작했다고 말했는데, 그 방법들이 무엇이었는지 말해주지 않았고, 숨기는 것 같았고, 갑자기 짜증이 치밀었다. 책이 있다면 책등으로 툭 치

고 싶었지만 그러진 않았다. 우리 곁을 지나던 등산
객 무리가 정상까지 가는 길을 물었다. 그는 길을 안
다고, 나는 모른다고 동시에 말했다. 그들은 영문 모
를 표정을 짓다가, 마찬가지로 영문 모를 표정으로
자신들을 바라보는 우리를 보며 웃음을 터트렸다.

검수원에게 열쇠를 받은 그는 서둘러 현관문을
열었다. 집은 밖에서 볼 땐 오두막 같았지만 내부는
그의 집보다 현대적—벽지와 전등, 가구, 식기 등—이
었다. 그는 쉬고 싶었지만 창문으로 고개를 들이민
사람들 때문에 머리가 아팠다. 그들은 **말이** 코로
숨을 쉴 때처럼 고개를 흔들며 요란한 소리를 냈고
더 이상 들어줄 수 없을 지경에 다다랐을 때 불현
듯 창문에서 사라졌다. 해가 뜰 때까지 밖이 시끄
러웠다.

그는 한숨도 잠들지 못한 채 충혈된 눈으로 침대
에서 일어났다. 아무래도 기차에서 괜히 내린 것 같
다고, 찬물로 얼굴을 씻으며 생각했다. 반쯤 열린

창문 사이로 스며든 햇빛이 테이블을 비추고 있었다. 그는 배낭을 메고 집을 나섰다. 집 주변은 조용했고, 밤사이 다녀간 사람들의 발자국이 진흙바닥에 새겨져 있었다. 그는 발자국을 따라 걸었다. 발자국이 끊긴 자리 너머에 호수로 가는 길이 보였다. 수면 위로 물안개가 짙게 깔린 호수는 어쩐지 을씨년스러운 느낌을 자아냈고, 그는 집을 떠난 이후 처음 구체적인 공포를 느꼈다.

그는 여기서 그만둘 수 없었다. 다시 여정에 오르기 위해 호수 반대편으로 갈 방법을 찾아다녔다. 호수는 일렁이지 않았다. 곳곳에 녹이 슨 오리배가 뒤집어져 있었다. 물안개가 걷히자 수면 위를 스치듯이 설치된 밧줄이 보였다. 밧줄은 반대편으로 이어져 있었다. 그는 밧줄에 발을 디뎠다. 호수는 여전히 일렁이지 않았고, 밧줄도 흔들림 없이 그의 몸을 견뎠다. 그는 땅을 걷듯 자연스럽게 한 발씩 내디뎠다. 걷고 또 걸었다. 어느덧 날씨가 화창해지자 그는 콧

노래를 불렀다. 왜 그런 노래를 부르는지, 어디서 들었는지 정확히 생각나진 않지만, 음에서 음으로, **박자에** 맞춰 걸음을 옮겼다. 호수 반대편에 도착한 그는 뒤로 돌아 자신이 건너온 호수를 바라봤다. 저 멀리 오리배 한 척이, 이제 막 잠에서 깨어난 것처럼 움직이는 게 보였고, 자세히 보니 사람들이 기합에 맞춰서 오리배를 밀고 있었다. 누군가는 선두에서 밧줄을 당기고 있었다. 그는 손을 들어 좌우로 흔들었다. 호수가 시야에서 사라질 때까지, 흔들고 또 흔들었다. 그는 방금 불렀던 노래를 그들도 부르고 있다는 사실을 어렴풋이 깨달았다.

다시 길은 이어졌다. 그는 커다란 나무 아래 그늘에서 잠시 몸을 뉘고 휴식했다. 그러다 땅이 흔들리는 것을 느꼈고 얼른 다른 곳으로 피해야겠다고 생각했다. 재빨리 몸을 일으키는 사이, 저 멀리서 다가오는 군집이 보였다. 그들은 공연을 위해 다른 도시로 이동하던 서커스단이었는데 휘황찬란하게 장식

한 천막과 코끼리, 사자, 원숭이를 실은 수레를 끌며 점점 가까워지고 있었다. 몇몇 단원은 그를 반겼고, 얼굴이 까매질 정도로 지친 단원들은 그에게 눈짓조차 하지 않았다. 그는 며칠 전과는 다르게 그들에게 자신의 여정에 대해 말하지 않았다. 햇볕이 뜨거워 잠시 쉬는 중이었으며 곧 다음 출장지로 가려던 참이었다고 설명했다. 단원 중 누군가는 그에게 혹시 어떤 일을 하느냐고 물었다. "당신들과 비슷한 일을 합니다." 그들은 그의 말을 단번에 이해했고 수레에 앉을 자리를 내줬다.

수레에 오르다가 발을 헛디딘 그가 중심을 잃고 넘어지려던 찰나 누군가가 손을 내밀었다. 손을 내민 사람은 이 서커스단에서 가장 오래 지낸 사람이라며 자신을 소개했다. "나만큼 여기에 대해 잘 아는 사람이 없지." 그는 사실 서커스단에 대해 궁금한 점이 없었는데 뭐라도 물어봐야 할 것 같았고, 대화를 나누지 않은 채 조용히 갈 순 없을까 상상하

다가, 억지로 질문을 만드는 자신의 **처지가** 안타깝
게 느껴졌다. 스스로를 안타까워하며 앉아 있는 동
안 단원은 불쑥 이야기를 꺼내기 시작했다. 단원은
서커스단에서 벌어지는 모든 일에 관여하고 있다.
공중곡예사가 다리를 다치면 공연장 제일 높은 곳
에서 묘기를 선보일 준비를 하고, 성난 원숭이가 제
멋대로 사육사의 명령을 듣지 않을 때 원숭이 대신
사육사의 손을 잡고 관객들에게 인사한다. 비단 공
연뿐 아니라 누군가가 반으로 토막 낸 탈의실 선반
을 고치기도 하고, 천막에 묻은 토사물을 닦으며 하
루를 보낸다. 단원은 언제부터 서커스단에서 살았
는지 기억하지 못한다. 그가 기억하는 생의 첫 장면
은 물구나무를 선 채로 자신을 바라보던, 거꾸로 뒤
집어진 얼굴을 보고 박수를 친 일이다. 지금껏 그랬
듯 앞으로도 서커스단의 단원으로 살아갈 운명에
대해 거부하거나 의심하지 않았다.

　그는 빠르게 말을 뱉느라 얼굴이 상기된 단원의

이야기를 듣고 있다가 수레에서 내릴 기회를 놓쳤고, 엉겁결에 그들과 함께 다음 공연 장소로 이동했다. 나무 한 그루 보이지 않는 평원을 지나, 단층으로 이루어진 주택가를 거쳐, 비로소 철탑이 우뚝 솟은 **광장에** 도착했을 때, 그는 수레에서 내려 사람들의 눈에 띄지 않는 곳에 자리를 잡았다. 오른눈에 붕대를 감은 노인이 다가와 물었다. "출장지가 이곳이 맞소?" "아니요, 이미 지났습니다." "돌아가시오." 하고 노인이 말했다. 그는 엉덩이를 털고 일어났다. 노인은 손가락으로 붕대를 가리켰다. "다친 게 아니오." 그는 자신보다 머리 하나가 더 큰 노인을 올려다봤다. "싸운 것도 아니지." 갑작스럽게 돌풍이 불어 붕대가 벗겨졌고, 얼굴에 자리 잡은, 끝을 알 수 없는 컴컴한 허공이 잠시 보였다가 가려졌다. 그는 노인이 자신에게 겁을 주기 위해 거짓말을 하고 있다고 생각했다. 무슨 근거로 그런 생각을 한 건지 언젠가 내가 묻자 직감이었다고 성의 없이 대답했다.

이 대목에서 나는 그의 이야기를 더 들어야 할지 고민하다가, 때마침 일 년 중 가장 밤이 긴 날이었고, 아침까지 벽난로를 채울 장작도 충분했으며, 무엇보다 며칠간 잠이 오지 않았기 때문에 이야기를 경청하기로 마음먹었다. 나는 꽤 오래전부터 불면증을 심하게 앓고 있었는데 이상하게 그의 목소리를 들으면 꾸벅꾸벅 졸음이 쏟아졌다. 그는 내게 도움이 된다면 언제든 함께 밤을 보낼 자신이 있다고 장담했다. 나는 그의 각오가 어디에서 기인한 것인지, 이렇게까지 결연할 일인지 의아했고, 그는 마치 자신이 뱉은 말을 지키기 위해 무리하게 삶을 운용하려는 사람처럼 느껴졌다. 여러 밤을 보냈다. 서로에게 보낸 편지를 읽거나, 낮에 들른 서점에서 구입한 책을 함께 엎드려 읽거나, 일기와 신문, 영화 홍보 책자, 식료품 할인 포스터를 읽었다. 그사이 불면증은 서서히 나아졌고 신경쇠약으로 줄어든 체중도 돌아오기 시작했다. 하지만 그는 아직 뭔가가 해결

되지 않은 것 같았다. 새벽녘 잠에서 깨면, 그는 우두커니 창가에 서서 밖을 바라보고 있었다.

그는 노인에게만 사실을 털어놓았다. 책에서 묘사된 다리의 형태와 다리가 설치된 지형을 설명했다. 노인이 탐탁지 않은 표정을 짓자 배낭에서 책을 꺼내 펼쳤다. 그는 소리 내 읽었다. 서커스 공연이 막 시작되고 있었다. 천막 위로 폭죽이 터지고, 동물들이 하늘을 향해 울부짖었다. 앞좌석을 차지하려는 사람들의 분주한 발걸음과 함성이 섞여 이전에는 없던 장소를 만들어내고 있었다. 그는 천막 안으로 들어가고 싶었다. 책에서나 봤던 서커스 공연을 직접 눈으로 보고 싶었다. 마술사가 벗은 모자에 동전을 던지고, 악어 아가리에 머리를 넣은 사육사를 보며 놀라 박수를 치고, 외발자전거 위에서 저글링을 하는 사람에게 찬사를 보내고 싶었다. 노인은 그를 말리며 말했다. "뭘 확인하려는 거요?" 그는 노인의 말에 따라 그곳을 벗어났다.

그는 집을 떠난 이후로, 마치 꼬리를 물기 위해 제자리를 도는 동물처럼 멀리 나아가지 못했다. 집으로 돌아갈 생각은 하지 않았다. 강가나 골짜기에 흔히 설치된 다리 위에 서서, 여기가 내가 가고자 했던 그 다리였다고 주장하는 편이, 그렇게 스스로를 설득하는 편이 더 나을지도 모른다고 생각했다. 그는 다시 걸었다. 다리는 어딘가 있을 것이다. 아니, 다리는 있다. 그는 자신의 신념을 믿으며 몇 번이나 중얼거렸다.

몸을 쭉 뻗으라, 다리야, 잘 준비하고 있어라, 난간 없는 다리야. 너에게 맡겨진 자를 꼭 붙잡아라.

시냇물이 흐르는 소리가 들렸다. 그는 갈증으로 텁텁해진 목을 쓰다듬며 서둘러 물가로 향했다. 조약돌을 밟자 기분이 한결 나아졌다. 곧장 시냇물에 머리를 처박고 황급히 목을 적셨다. 물살이 약해 몸을 씻기에도 좋았다. 그는 평평한 돌에 앉아 한동안 휴식을 취했다. 머리를 식히는 일이 오랜만인 것처럼 느껴졌다. 지금쯤 회사에서 자신을 찾지 않을까, 자신의 자리에 금세 다른 사람이 온 건 아닐까, 아니면 회사에 출근하지 않은 사실도 모르는 건 아닐까, 여러 생각을 떠올리며 앉아 있었다.

그때 상류에서 뭔가가 떠내려오는 것이 보였다. 그는 돌에 올라섰다. 손으로 차양을 만들고 눈을 가늘게 떴다. 군데군데 구멍이 나서 해어진, 기다란 천이 떠내려오는 것처럼 보였다. 가까이 다가왔을 때 보니, 그것은 **넝마를** 입은 사람이었다. 뒤통수가 보이는 엎드린 자세로 물살에 떠내려오고 있었다. 그는 물에 뛰어들었다. 허리께에나 닿는 낮은 수위였지만 앞으로 나아가기가 쉽지 않았다. 몸이 무거운 건지, 땀방울이 수면 위로 떨어졌다. 그는 턱에 흐르는 땀을 닦으며 넝마를 입은 사람에게 다가갔다. 물살이 빨라지는 구간에 도착하기 전에 꺼내야 한다

고 그는 생각했다. 다행히 넝마가 돌부리에 걸려 더
이상 떠내려가지 않았고 그는 있는 힘껏 물가로 사
람을 끄집어냈다. 갑자기 힘을 쓴 탓에 현기증이 일
어 넝마 입은 사람 옆에 함께 누웠다. 하늘엔 구름
한 점 보이지 않았다. 새들이 날아가고 있었다.

　넝마 입은 사람은 크게 재채기를 하곤 정신을 차
렸다. 재채기 소리가 너무 커서 그는 인상을 찌푸렸
다. 그 표정을 본 넝마 입은 사람은 눈을 뜨자마자
불쾌한 표정을 한 얼굴을 본다는 것이 불쾌해 자신
도 불쾌한 표정을 지었다. 그는 말했다. "떠내려오
고 있었어요." 넝마 입은 사람은 대답했다. "다리에
서 떨어졌습니다. 옷이 원래 이렇지는 않았는데." 그
는 넝마 입은 사람에게 다리가 어디에 있느냐고 물
었다. 이유를 묻자, 그는 자신이 읽는 책의 결말에도
다리에서 떨어진 사람이 등장한다고 말했다. 넝마
입은 사람은 어리둥절한 표정으로 시냇물 상류 너
머 숲을 가리켰다. 숲은 넓고 깊었다. 시야에 한눈

에 들어오지 않았다. 그는 넝마 입은 사람과 대화를 더 나누고 싶었지만 누가 쫓아오기라도 하는 것처럼 서둘러 자리에서 일어났다. "춥습니다." 그는 배낭에서 담요를 꺼내 건넸다. 고맙다는 말을 한 뒤 담요를 몸에 두른 사람은 그와 서서히 멀어졌다. 그는 신발 끈을 다시 묶었다. 예상보다 빠르게 다리에 도착할지도 모른다는 생각에 **흥분이** 가시지 않았다. 시냇물이 내려오는 반대 방향으로 걸었다. 얼마 지나지 않아 그는 숲에 진입했다. 사방이 나무와 덤불로 가득 채워졌다. 그는 낯설거나 두려운 감정을 느끼지 않았다. 언젠가 왔던 적이 있는 것처럼 익숙했다. 그는 길을 잃지 않았다.

그의 상태에 대해선 나에게도 일말의 책임이 있다. 왜 그를 더 살피지 않았을까. 당시 나는 듣고 싶지 않은 대화와 도시의 소음이 들리지 않는 어느 한적한 숲의 마땅한 장소를 물색하고 있었다. 부동산 업자와 여러 후보지를 방문했지만 마음에 드는 곳을 찾을 수 없었다. 그는 스스로 고립되어갔다. 온종일 서가에서 나오지 않았고 커튼을 활짝 여는 날이 없었다. 나는 그를 세상과 **분리시키고자** 마음먹었던 것이다. 알맞은 집을 찾을 때까지 우리는 숲에 난 산책길을 자주 걸었다. 그는 처음 보는 풀에 이름을 지어줬고 새가 울면 제자리에 서서 소리가 들린 곳을 가만히 바라봤다. 어떤 날은 한 마디도 나누지 않고 걷기만 한 적도 있다. 우리는 무의미하게 땅 위를 걷지 않았다. 호숫가를 산책하고 집으로 돌아갈 때 마주친 관광객에게 지도에 없는 꽃밭을 알려주기도 했다.

그는 그루터기에 앉아 숨을 골랐다. 갑자기 의사의 말이 떠올랐다. "시간이 날 때마다 숲에 가세요." 약을 처방해준다거나 진료는 하지 않고 무슨 잠꼬대 같은 소리를 하는 건지 이해할 수 없었다. 그는 어릴 때부터 병원에 가는 것을 꺼렸는데, 사실 병원보다 하얀 가운을 입고 이러저러한 말로 상황을 넘겨짚는 의사가 싫었고, 병원에 간다고 생각하면 왠지 몸이 더 아픈 것 같았고, 어쩌다 다녀오면 며칠을 끙끙 앓았다. 그것은 아마도 의사였던 아버지로부터 기인한, 매듭지어지지 않은 어떤 기억과 관련된 것일 텐데, 그는 기억을 파헤치고 싶지 않았고, 자신과 연관이 없는 것처럼 삶에서 철저하게 분리시켰다.

아버지의 진료실이 있던 1층을 지날 때면 그는 신발을 벗고 뒤꿈치를 든 채 최대한 소리를 내지 않았다. 가끔 마주치기라도 한다면 아버지는 그를 자신의 옆에 앉히곤 병원을 찾은 환자들과 인사를 시키거나 그들이 앓고 있는 질환에 대해 설명했다. 그는 환자들의 상처 난 **부위를** 제대로 바라볼 수 없었다. 밤마다 똑같은 부위에 상처가 나는 꿈을 꿨기 때문이다. 그것은 **열꽃** 같았다. 그는 허벅지에 주먹을 붙이고 참을성 있게 앉아 있었다. 어머니가 세상을 떠난 날에도 그는 같은 자세로 앉아 눈물을 참았다.

진료실을 지나 2층으로 향하는 계단에 오를 때마다
그는 가출을 감행하기 위해 필요한 여비와 물품을
떠올렸다. 혼자 힘으로는 불가능하다는 것을 깨닫
고 자신이 다니던 사립학교 동급생에게 도움을 청
했다. 동급생은 평소 우수한 성적과 평판이 좋은 그
를 시기하던 차에 자신의 가족에게 이 사실을 알렸
고, 가족 중 누군가가 아프지도 않은 몸을 이끌고
진료실에 찾아왔다. 마침 그는 아버지 곁에 앉아 있
었다. "안타까운 사실이지만, 당신의 아들이 집을
견디지 못해 가출을 하겠다고 제 아들에게 말했답
니다." 그의 아버지는 짧게 고개를 끄덕였고, 그것이
전부였다. 아버지는 손님을 진찰하고 돌려보냈다.
그를 야단치거나 꾸짖지 않았다. 차라리 자신을 진
료실에서 쫓아낸다면, 그길로 집을 나서겠다고 생각
했지만 아버지는 아무런 반응을 보이지 않았다. 그
는 더 괴로웠고 숨이 막혔다. 다만 그날은 늦은 밤까
지 진료실 불이 꺼지지 않았다.

아버지는 더 이상 그를 진료실로 부르지 않았다. 대신 그에게 한 가지 일을 맡겼다. 얼마 전 세상을 떠난 정원사를 대신해서 정원을 가꿔달라고 말이다. 진료실에 찾아오는 환자들은 점점 더 늘어났고, 새 정원사를 데려올 시간도 없었으며, 사방으로 자라난 넝쿨이 조만간 건물을 잠식할 것처럼 자라나고 있었다. 그는 조경에 필요한 장비와 도구가 쌓인 창고 열쇠를 갖게 됐다. 그는 말수가 더 줄어들었지만 정원을 가꾸는 일이 즐거웠다. 거름과 비료를 통해 수목에 걸맞은 토양을 마련하고, 잔디에 섞인 잡초를 뽑고, 계절과 어울리는 **풍경을** 조성하는 일에 온 신경을 집중했다. 정형식 정원을 절충식 정원으로 바꾼다고 말하자 아버지는 뜻한 바대로 하라며 지원을 아끼지 않았다. 그해 그는 수석으로 고등학교를 졸업했다. 대학에는 진학하지 않았다. 전염병에 걸린 환자를 돌보던 아버지가 갑작스럽게 세상을 떠났기 때문이다.

그는 그루터기에서 일어났다. 모든 길은 오르막 길을 향해 있었다. 돌풍이 불어 앞머리가 휘날렸다. 숲 전체가 흔들렸다. 마른 낙엽들이 하늘 위로 솟구쳤다. 산 정상을 향해 걸을 수밖에 없었다. 가파른 비탈길을 기어가듯 올라갔다. 숨이 차고 다리가 아팠지만 계속해서 올랐다. 길이 끊긴 자리에 암벽이 나타났다. 그는 이제 맨손으로 암벽을 올라야 할 처지에 놓였다. 어디선가 비명이 들렸다. 암벽 아래 작은 동굴이 있었고 **덫에** 걸린 조난객이 손을 흔들었다. "여기에요!" 곰을 포획할 목적으로 설치된 커다란 덫에 조난객의 발가락이 끼어 있었다. 그는 온 힘을 다해 덫을 열었다. 그간 그렇게까지 힘을 쓴 일이 있었나 싶을 정도로 이를 악물었다. 조난객은 마지막 힘을 다하듯 몸을 움직여 발을 빼냈다. 피가 멈추지 않았다.

그는 배낭에서 옷가지를 꺼내 지혈했다. 조난객은 엉엉 울며 자신의 발가락이 잘 붙어 있는지 봐달라고 말했다. 다행히 발가락은 잘리지 않았지만 살점이 벗겨져 뼈가 보일 듯했다. 조난객은 발가락이 없는 삶은 상상해보지 않았는데 앞으로 발가락 없이 살아갈 생각을 하니 걱정이 앞선다고 말했다. 분명 아무런 문제가 없다고 말했는데도 엎드려서 우느라 그의 말이 들리지 않는 것 같았다. 그는 자신의 아버지가 의사였으며 자신도 의학에 문외한은 아니니 자신의 말을 믿어도 된다고 조난객을 설득했다. 그러곤 왜 자신이 이 사람을 설득해야 하는지 난감했다. 조난객은 그제야 눈물을 멈추고 그를 바라봤다. "춥습니다." 그는 배낭을 뒤져 태울 만한 것들을 찾았다. 책에 불을 붙인 뒤 옷을 올리자 순식간에 불길이 타올랐다. 말린 고기를 찢어 조난객에게 건넸다. 입맛이 없다며 거절했다. 혹시 다른 건 없는지 물었으나 배낭에 먹을 거라곤 말린 고기가 전부였다. 조난객은 실망한 표정으로 다시 등을 돌렸고 한동안 움직이지 않았다. 혹시 기절한 건 아닐까 걱정스러워 다가가니 엎드린 채로 말린 고기를 먹고 있었다. 그는 자신의 몫까지 조난객에게 나눠줬다. 동굴 밖에서 천둥소리가 크게 들리더니 비가 내리기 시작했다.

조난객은 자신이 어쩌다가 이런 상황에 놓였는지 설명했다. 그 역시 뭔가를 찾기 위해 숲에 들어왔다. 며칠이 지났는지, 밤인지 낮인지 모를 시간들이 지나갔고, 숲을 벗어날 수 없었다. "길을 잃었군요." 그가 말했다. "그렇게 **간단한** 일이 아닙니다." 조난객은 누구라도 마주치길 바랐다. 사람은커녕 동물 한 마리도 보이지 않아 비탄에 빠졌을 때 밝은 빛이 새어 나오는 동굴을 발견했다. 덫이 있을 거라곤 상상도 하지 못했다. 조난객은 그의 손을 잡으며 목숨을 살려줘서 고맙다고 말했다. "당신 덕분에 새 삶이 시작됐습니다." 그는 조난객에게 무엇을 찾으러 여기에 왔느냐고 물었다. 조난객은 헛기침을 했다. 한 예언자가 말하길, "진리를 찾으려는 헛된 기대만 품지 않으면 삶이 뒤바뀔 만한 무언가를 찾을 수 있을 겁니다, 당신이 눈으로 직접 본 것과 귀로 들은 것을 믿게 될 겁니다, 내 꿈을 당신이 대신 꾸게 될 겁니다." 그에게 말했고, 조난객은 예언자의 말을 분명하게 해석할 순 없었지만 집을 떠나 여정에 올랐다.

그는 욱신거리는 통증과 함께 꿈에서 깨어났다. 동굴에 지폈던 불이 꺼져 있었고, 조난객은 보이지 않았다. 그는 발가락에 난 상처를 확인했다. 피가 멎어 있었다. 그는 배낭을 챙겨 동굴을 빠져나왔다.

바로 그때 나는 그를 뒤따르며 산과 골짜기를 꿈꾸었다.

산양 한 마리가 암벽을 타고 있었다. 그는 산양이 딛고 올라선 길을 그대로 따라갔다. 뿔이 다리보다 긴 산양은 험악한 눈빛으로 그를 내려다봤다. 언젠가 책에서 그림으로 본 악마의 신 바포메트가 떠올라 공포를 느꼈지만 아무렇지 않은 척했다. 그랬다가는 산양이 자신의 눈앞에서 사라질 것 같다는 예감이 들었다. 산양은 천천히 암벽 위로 향했다. 암벽에서 바라본 숲은 아침을 맞이해 싱그러운 냄새를 풍겼고, 그러자 간밤에 꿨던 꿈의 불안감이 모조리 사라지는 것처럼 느껴졌다. 암벽을 지나 **정상에** 오른 산양은 몸을 털고 그 자리에 서 있었다. 그는 정상에 올라 숨을 고르며 호흡을 진정시켰다. 반대편 골짜기로 향하는 다리가 보였다. 그는 드디어 그곳에 도착했다. 그토록 바라던 꿈의 장소에. 이제 저 다리 한가운데로 뛰어오르면 모든 여정이 끝날 것이라는 희망을 품었다. 감동적이거나 감격스러운 감정은 느낄 수 없었다. 회사 업무를 처리하듯 일을 마무리 짓고 싶었다. 밀린 피로와 잠을 해결하고 싶었다. 그는 다리에 다가갔다. 이편에는 다리의 발끝들이, 저편에는 다리의 손끝들이 고정되어 있었다. 다리는 바람에 조금씩 흔들리며 그를 맞이할 준비를 끝맺은 것처럼 보였다.

**나는 그를 보기 위해 몸을 돌렸다—다리가 몸을
돌린 것이다!**

별안간 꿈에서 깨어난 나는 식은땀으로 온몸이
젖은 채 침대 아래로 떨어졌다. 저녁부터 북상하기
시작한 태풍의 영향으로 창문이 깨질 듯 세찬 빗줄
기가 쏟아졌고, 바람소리가 마치 성난 짐승의 단말
마처럼 대기를 가득 채우고 있었다. 시트를 손으로
훑자 축축한 물기가 가득했다. 나는 꿈에서 빠르게
흘러가는 강물 위로 추락하고 있었고, 자갈돌들에
의해 옷이 찢겨지고 있었다. 나는 **심연** 위 공중에
놓인 상태로 누군가를 기다리던 것이 분명했다.

나는 그와 함께 여행 중 성당에 찾아간 적이 있었
다. 아프리카 대륙 귀퉁이에 자리한 그 성당에 찾아
가기까지 숱한 날이 걸렸다. 초원에서 서식하는 짐

승들을 피해 생전 처음 나무에 올라간 적도 있고, 이름 모를 곤충에게 물려 사경을 헤매기도 했다. 성당에는 운명을 내다보는 예언자가 있다고 알려져 있었다. 우리는 우연히 이 세계에 내던져진 존재가 되고 싶지 않았다. 세계와의 필연적 관계, 미래에 대한 확신을 갖고 싶었다. 우리는 성당에 도착해 마당을 쓸던 사제에게 말을 걸었다. 그는 우리의 몸과 영혼이 얼룩졌다며 목욕탕으로 안내했다. 목욕탕에는 우리와 비슷한 사람들이 몸을 씻고 있었다. 한 아이가 다가와 우리에게 인사했다. 손에는 지갑 같은 것을 들고 있었다. 사제가 달려와 그것을 빼앗고 부모에게 돌려보냈다. 우리는 따뜻한 물에 하반신을 담갔다. 우산을 여러 개 든 사람이 목욕탕에 들어오려다가 제지를 당했다. 다른 탕으로 이동하는 사이, 노란 의자에 앉아 옷을 벗는 검수원이 보였다. 그는 활기찬 얼굴로 사람들에게 인사했다. 넓고 커다란 탕에는 오리배가 줄지어 떠다니고 있었다. 우리는

시간이 어떻게 흐르는지 더 이상 궁금해하지 않았다. 유럽 공연을 이제 막 마친 서커스단이 성당에 도착했다고 한 사제가 소리쳤는데 사람들은 그의 외침이 들리지 않는 것 같았다. 동물들의 울음소리가 멀리서 들려왔다. 우리는 벌거벗은 상태로 자유로웠다. 오른눈에 붕대를 감은 노인이 붕대를 풀고 눈을 씻는 광경을 봤다. 몸이 노곤해진 탓에 금방이라도 잠들 것 같았다. 산양 한 마리가 다가와 기다란 뿔로 우리를 툭툭 쳤다. 나는 잠든 그를 깨웠다.

사제는 우리를 성당 지하로 가는 입구에 데려갔다. "저 아래 당신들이 찾는 게 있어요." 우리는 예언자를 만날 수 있다는 생각에 안도의 한숨을 내쉬었다. 돌을 정교하게 깎아 만든 계단은 거울처럼 우리의 모습을 비췄다. 계단을 타고 내려가자 문지기가 문을 가로막고 서 있었다. 사제는 그에게 다가가 귓속말을 했다. 문지기는 열쇠를 건네주며 원하는 만큼 시간을 보내다가 나오라고 말했다. 요란한 소리와 함께 문이 열렸다. 사제가 불을 켜자 어디서 본 듯한 공간처럼 느껴졌다. 오른쪽에는 청진기와 주사기, 하얀 가운이 보였고 왼쪽에는 동굴의 벽화처럼 그림이 그려져 있었다. 자세히 보니 어딘가로 향하는 지도였고 기차와 선로, 산과 골짜기, 시냇물을 지나는 곳에 동그라미가 표시되어 있었다. 그리고 그곳에는 예언자가 두고 간 한 권의 책이 놓여 있었다.

이 소설은 프란츠 카프카의 짧은 소설인 「다리」에서 착안했다. 「다리」는 카프카의 소설 중 가장 처음 읽은 작품이며, 문학과 무관한 삶을 살던 내게 현실의 또 다른 층위를 알려준 작품이기도 하다. 그러니까 내가 발 딛고 서 있는, 출구 없고 막막한 현실을 넘어서, 그 반대편에는 무수한 갈래로 뻗어나갈 새로운 현실이 기다리고 있었다. 카프카에 의해 창조된 현실을, 마치 오랜 조갈을 해결하듯 읽었다. 나의 문지기, 카프카 씨. 나는 그저 그의 소설을 읽었을 뿐이다.

더블

| 김채원 |

그러나 우리가 아무리 그를 밀어내도 그는 다시 올 것이다.

Aber mögen wir ihn noch so sehr wegstoßen, er kommt wieder.

_카프카 「공동체Gemeinschaft」에서

✳️

✳️

✳️

　그가 그 자신으로 혼자 거리를, 공원을, 화랑을, 범람한 하천을, 복도를, 극장을, 게양대 난간을, 남의 집 정원을, 아왜나무 아래를, 배회하는 영혼의 주변을 지날 때 어느 때고 사람들은 그가 혼자인지 아닌지 확인하고는 했다. 여전히 혼자야, 하고 누군가 말하면 그 옆에 있던 또 다른 누군가가 그러네, 여전히 혼자네, 하고 대답하고는 했다. 그가 혼자 있으면 그가 혼자 있는 것을 누군가 알아보면 어느 때고 그런 대화가 오가고는 했다. 혼자 있기. 혼자임

을 알아보고 혼자가 아닌 사람들끼리 대화를 나누
기. 그러한 규칙이 언제 어떻게 생겨났는지 그들도
그도 알지 못했다. 다만 그는 항상 혼자였고, 자신
을 둘러싼 반복되는 대화에 익숙했으며 지금도 그
랬다.

그는 자기 삶을 축소시키는 일에 관심을 가졌다.
삶을 가장 작은 단위로 축소시킨다면 어떤 모습일
지 궁금해했다. 그렇게 된다면 자신에게 일어나는
모든 일을 언제나 아주 작은 것으로 여길 수 있을
것 같았다. 가볍고, 별일이 아닌 것으로. 빈껍데기
같은 몸으로. 아주 작은 행복, 아주 작은 슬픔, 아주
작은 실수, 아주 작은 소음, 아주 작은 아름다움, 아
주 작은 기쁨, 아주 작은 불행, 아주 작은 공허, 아
주 작은 더위, 아주 작은 엎어짐, 아주 작은 나 등등.
대개 추상적인 생각이었으므로 생각처럼 잘될 리는
없었다. 그의 삶은 그가 의지를 가지고 축소시킬 수
있을 만큼 뚜렷한 무언가가 아니었다. 이러지도 저

러지도 못하는 것처럼 이러지도 저러지도 않는. 그는 그러한 삶의 고유한 성질에 동의를 표하듯 혼자 고개를 끄덕여도 보았다. 그럴 수 있는 거야. 그는 스스로에게 고분고분한 성격이었고, 그 성격이 이따금 죽음 가까이 가보려고 하는 그를 지켜주기도 하였다.

그는 그것 외의 다른 것들에 대해서도 생각하고는 했는데 이를테면 집에 대한 생각이었다. 그가 살고 있는 깨끗하고 널따란 집. 다락과 계단, 복도, 주방, 거실, 현관이 구조에 따라 알맞게 배치되어 있고 석재로 된 박공지붕이 견고하게 얹어진 오래된 이층집. 잠깐 거실을 한번 둘러보면, 선반에 놓인 머큐로크롬 약병과 안경과 구강 린스, 원목으로 만든 이동형 십자가, 달력에 그려진 조그만 얼굴 그림들, 메모들, 연초들, 창문들, 뜯지 않은 소포들, 빵 부스러기, 공기 정화를 위해 기르는 수박 페페 화분도 보인다. 안쪽으로 깊숙이 이어진 긴 복도를 사이에 두고 마주 보는 방문들 또한 눈에 띈다. 뚜벅뚜벅 갈지자로 늘어선 커다란 문들은 곧장 방의 개수를 헤아려 볼 수도 있게 하지만, 이 집에 존재하는 방이 전부 몇 개인지 몇 개가 될지는 그 누구도 알 수 없고 그러한 알 수 없음을 모두가 자연스레 공유하고 있다.

그러니까 모두가. 언젠가 이 집에서 하나둘셋넷다섯여섯 번째로 나온 그와 앞서 차례대로 나온 하나둘셋넷다섯 그리고 앞으로 차례대로 나오거나 나오지 않을 일곱여덟아홉열열하나열둘 등등 모두가 말이다.

그가 여섯 번째로 집에서 나와 마치 수은 방울이 미끄러지듯 아주 가볍게, 미끄러져서, 대문 옆에 섰을 때, 하늘이 파랗게 빛나던 여름날, 하나둘셋넷다섯은 테라스에 앉아 찻잎을 우린 물을 홀짝이고 있었다. 써서 맛없다는 표정으로, 너무 오래 우린 탓에 아무 향도 나지 않는 연노란색 물을 그들이 끝까지 공들여 마시는 동안, 그가 여섯 번째로 나온 모

습 그대로 자리를 벗어나지 않고 외로이 서 있는 동
안, 집에서 나온다는 것이 태어남에 관한 비유가 아
닌 그저 우연히 주어진 하나의 현상이라는 것을 알
게 되는 동안, 햇빛이 이곳을 굽어보듯 이 나무에서
저 나무로 옮겨가는 동안, 서로를 건드리지 않고 땀
흘리며 놔두는 동안 말없이 시간이 흘렀고 무슨 말
을 해야 하나? 그가 고민하는 동안 해가 저물기 시
작했다. 그리고 이내 완전히 어두워지고 나서야 그
들이 찻자리를 정리하며 이거 어쩌지, 하고 입을 열
었다. 우리는 다섯이고, 우리는 여섯이고 싶지 않아.

　그를 받아들이지 않겠다는 말이었고, 별로 못되
게 말하지는 않았다. 그도 그렇게 알아들었다. 만
약 이곳이 무대이고 한 무대에 동시에 서 있을 수
있는 사람이 오직 다섯 명뿐이라면 그럴 수도 있겠
지만…… 그런 것도 아니면서 뭐야 왜 어째서와 같
은 물어 마땅한 질문들은 떠오르질 않았고 그냥 조
금 이상한 말이다,라고 그는 생각했다. 우리는 다섯

이고, 우리는 여섯이고 싶지 않다. 그 말을 듣기 전까지 그는 그들과 함께 있고 싶다고 생각해본 적도 말해본 적도 없었는데, 그들에게 그런 말을 들은 순간, 마치 버림받기라도 한 것처럼, 무척이나 함께 있고 싶어진 것이다.

딱히 함께 있게 될 거라는 생각은 안 들어. 그는 생각했다. 하지만 함께 있고 싶어졌어. 그 점이 중요해…… 나는 그래. 그 후로 그는 그들과 같은 집에 머물며 그들을 지켜보았다. 무슨 짓을 했다기보다는 그저 지켜보기만 했는데, 그것만으로도 그들은 그가 무슨 짓을 저지르고 있다고 느꼈다. 그라면 참고 견딜 만한 일을 그들은 참고 견디지 못했다. 그들은 그에게 더는 아무 말도 하지 않았다. 그것이 심심하기도 하고 어쩐지 너무 조용해 아무 말이나 걸어보고 싶었지만, 함께 있는 일에 꼭 대화가 필요한 것은 아니었기에 그는 그들이 합의한 침묵에 수긍하였다. 그랬는데도 밤에 잠들기 전 양손을 배 위에 올려두고 곰곰이 생각해보는 것이었다. 자신에게 무슨 문제가 있는지. 문제가 있다면 무엇이 문제이고 없다면 그것도 문제가 되는지. 그런 생각을 해볼 때면 종종 귀에 걸리던 부드러운 바람소리도 사라지고, 밤바람에 커다랗게 몸집을 부풀리던 커튼도 낙담하듯 가라앉고 아무튼 방 안이 온통 조용하게만 느껴졌다. 문제가 있어도 뭐…… 나야 잘 모르지. 그는 눈을 감고 곧 깊은 잠에 빠져들었다. 그리고 그와 동시에 또 다른 그가 깨어나 웃차, 하고 몸을 일으켰다.

웃차, 웃차차. 그는 몸의 움직임을 자기 방식으로 바꾸기 위해 기지개를 켜고 이렇게 저렇게 팔다리를 움직여보았다. 하던 대로 잘 움직여졌다. 어깻짓을 해보아도 하던 대로 잘 움직여졌고, 그는 실내용 슬리퍼를 신고 방 밖으로 나와 천천히 긴 복도를 걸었다. 캄캄한 밤이었다. 복도에는 전등이랄 게 없었기에 실제 기온보다 조금 더 서늘한 느낌이었다. 뒤꿈치를 끌며 걷는 그의 발소리가 나지막이 울리다

가 말다가 했다. 걷다가 말다가 했기 때문인데 왜냐
하면 저기 사과 세 알처럼 보이는 세 개의 둥근 머리
가 복도를 돌아다니고 있잖아. 그는 복도 중간에 멈
춰 서서 으음, 하고 위를 올려다보며 딴청을 피웠다.
세 개의 둥근 머리가 그의 곁을 폴폴폴…… 지나쳤
다. 머리들에게서 폴폴폴…… 풋내가 났다. 세 개의
둥근 머리는 좀 더 자세히 살펴보고자 한다면 사정
이 있는 둥근 머리들로 깨지고 갈라진 손상된 둥근
머리들이었다. 그런 머리들은 알은체하거나 말을 걸
면 몹시 반가워하고, 자기가 얼마나 다쳤고 어째서
좀처럼 낫지를 않는지 만져보라며 손을 잡아당기기
때문에 그의 입장에서는 조용히 지나가게 두는 편
이 나았다.

　그는 세 개의 둥근 머리들이 보이지 않을 때까지
기다렸다가 서재가 있는 쪽으로 향했다. 랑 우Lang
wu의 『꿈꾸는 손』을 읽기 위해서였다. 그가 익숙한
자세로 책장에서 책을 꺼내자 잘린 손들이 단정히

포개져 있는 모습이 그려진 상아색 표지가 보였다. 그린 사람이 누구인지 알 수 없는 무척이나 오래된 그림이었다. 포개진 손의 개수는 모두 여덟 개. 사이 좋은 네 명의 양손일 수도 있고 혹은 두 명의 양손과 네 명의 한 손이 뒤섞인 것일 수도 있다. 손은 핏기 없이 모두 창백하다. 언뜻 엇갈려 기도하고 있는 것처럼 보이기도 한다. 책은 총 500쪽 가까이 되는 분량이었고, 그는 일주일 동안 조금씩 진도를 나가 86쪽까지 읽은 상태였다. 앞서 다 읽어본 경험이 있는데도 처음부터 또 한 번 읽는 것이었다. 그는 같은 책을 반복해서 읽는 일에 전혀 지루함을 느끼지 않았다. 읽은 것을 읽고 또 읽었다. 매일 밤 웃차, 하고 일어나듯 한 것을 하고 또 했다. 그냥 그러면 되는 건데 말이야. 그는 다시 으음, 하고 고개를 갸웃거리며 잠들어 있는 그를 잠깐 떠올리다가 말았다. 그런 게 어려운 사람도 있나 봐. 어려움이 지겹지도 않은가 봐.

그는 그에 대해 그쯤 생각하기로 하고, 가름끈을 끼워둔 곳을 찾아 그 부분부터 읽어나갔다. 읽고 있는 부분의 내용은 대략 이랬다. 어느 뱃사공의 손이었던 잘린 손 하나가 본래 자신과 함께 짝을 이루었던 다른 손 하나를 찾기 위해(찾게 되면 마주 잡고 기도할 수 있고, 이내 영원한 안식을 얻는다) 그 손의 특징을 떠올려본다. 그 손은 손가락이 네 개뿐이고 잘린 새끼손가락의 절단면이 유독 반질반질하다. 하필이면 특징 없는 손이야, 하고 손은 투덜거리지만 그것은 분명 특징이 없다고는 할 수 없는 손이고, 그럼에도 어찌 된 일인지 찾고 있는 손이 도통 보이지 않아 곤란을 겪는다. 며칠이 지나고 잘린 손은 강 위에 떠 있는 잠잠한 도선을 무심히 바라보다 자신만 잘린 것이었음을, 뱃사공이 오직 자신만을 댕강 잘라버리고 간 것이었음을 깨닫고 서러워 엉엉 운다. 그렇게 잘린 손은 작은 뱀의 모습이 되어 영원한 안식을 얻지 못하고 배회하는 영혼이 된다.

잘린 손에서 투명한 눈물이 뚝뚝 떨어지는 장면을 읽으면서, 고인 눈물이 동그랗게 몸을 만 작은 뱀으로 변하는 장면을 읽으면서, 혼잣말이지만 언뜻 대화처럼 이어지는 잘린 손의 중얼거림을 따라 중얼거려보면서 "안식을 찾는 일이 어째서 시련이 된 거야?", "이런 건 생각 안 해봤는데…… 그렇잖아! 나를 힘들게 하면 안 되지, 내가 숨을 쉬고 있는데 이렇게…….", "내가 뭘 잘못한 거냐고! 차라리 아예 깨닫지 않았으면 좋았을 텐데……." 그는 정말 좋은 이야기다, 생각하며 책장을 덮었다. 짝이 되는 손을 찾아 기도하고 안식을 얻었다면 대단한 이야기가 되었겠지만 말이야. 그는 언제나 대단한 것보다는 좋은 것이 더 좋다고 생각하고는 했는데, 좋은 것이 무엇인지 잘 모르면서도 어쩌면 잘 몰라서 그런 것이었다.

그는 독서로 충만해진 얼굴로 책을 원래 있던 자리에 다시 꽂아두었다. 그러고는 창문을 열어 바깥을 내다보았다. 열대야로 늦은 밤까지도 공기가 뜨거웠다. 그는 창가에 배를 기대고 몸을 앞으로 내밀어보았다. 이대로 툭 떨어져 죽어보고 싶은 마음은 들지 않았다. 다만 울창한 나무를 가까이서 많이 보고 싶은 마음이 들었다. 아주 작은 열매나 매미 허물도 몇 개 볼 수 있다면 좋겠어. 나무는 여기 그대로 서서 창밖으로도 많이 볼 수 있었고, 아주 작은 열매나 매미 허물은 못 보더라도, 맞은편 주택에 사는 할머니가 창문을 열어두고 밤늦게까지 손녀를 돌보는 모습을 볼 수도 있었다. 환하게 불을 밝힌 거실과 설거짓거리가 쌓인 주방, 치즈 조각, 은그릇, 침 흘리는 아이의 울고 웃는 얼굴이 보이고, 그것은 매일 돌봐줘야만 하는 존재의 얼굴이고 할머니는 손수건으로 아이의 침을 닦아주거나 딴생각을 하거나 그렇게 알고 있어, 하고 아직 말을 배우지 못한 아이에게 주의를 주거나 졸거나 하였다. 그는 그것을 지켜보다 말고 밖으로 나가 원하는 대로 나무들을 좀 더 가까이 구경하고 돌아와서야 침대에 누워 얌전히 잠이 들었다. 나무를 연달아 보는 일은 그에게 즐거움과 약간의 피로 그리고 잠을 가져다주었다. 당신이 즐거움을 느끼는 일은 무엇인가요? 누군가 묻는다면 그는 분명하게 대답할 수 있었다. 많은 나무를 가까이서 연달아 보는 일이요. 같은 책을 여러 번 읽는 일도 즐겁고요. 저는 즐거움을 아는 사람이에요. 그것을 모르는 이에게 한순간이라도 알게 할 수는 없겠지만요.

그럼 그것이 당신을 슬프게 하나요?

아니요. 그거야 그의 삶인걸요.

다음 날 아침, 그는 머리맡에 놓인 푸릇한 잎사귀 하나를 발견하고서 이것이 저 창문을 통해 들어왔다고 하기에는 아무래도…… 창문과 침대 사이의 거리가 꽤 멀다고 생각했다. 무언가를 의심하듯 생각한 것은 아니었고 그저 사실상의 관계를 따져본 것이었다. 그의 생각대로 침대에서부터 창문까지는 거리가 꽤 멀었다. 그는 이불과 베개를 정돈하고 잎사귀를 베개 위에 올려둔 채 방 안에 놓인 의자에 앉아보았다. 그들을 지켜보러 가기 전에 한 번쯤 해보는 행동이었다. 등받이와 팔걸이가 없는 작은 의자였다. 그는 몇 달 전 기억으로 되돌아가, 자신이 손수 의자를 만들던 과정을 떠올렸는데, 그에게 있어 이 의자는 이 집에서 자신이 편히 머물 수 있는 유일한 자리이기 때문이었다. 그렇게까지 생각할 필요가 없는 것인데 그는 의자에 관해서만큼은 항상 그렇게까지 공들여 생각하였다. 접합면과 접착제, 오일 왁스, 다양한 공구들, 나사들, 나사와 공구를 쥐여주던 다른 이의 손들. 사포질을 하여 나뭇결을 부드럽게 만든 뒤 스펀지에 원하는 색을 묻혀 앉는 부분을 두드리고, 전동 드릴로 다리를 이어 붙일 때 그는 자기 의자를 스스로 만들어 가질 수 있다는 생각에 기뻤다. 의자를 만든 기억이 자신에게 생겼다는 것도 그를 기쁘게 하는 요인 중 하나였다. 오직 혼자서 어떤 기억을 만드는 일은 그리 쉬운 일이 아니니까 말이다. 67년이라는 오랜 시간이 지나, 계속해서 몇 번이고 반복되는 거부, 살면서 어떤 설명도 듣지 못하고 어떤 대화도 나누지 못한 그는 병에 걸려 살날이 얼마 남지 않았을 때도 이 의자에 혼자 앉아 있게 된다. 그때 그의 곁에는 아무도 없고, 여전히 혼자이고, 그는 그가 하고 싶은 말을 누구의 방해도 없이 계속해서 할 수 있으며 하고 있다. 자기가 하고 싶은 이야기와 자기 혼자만 알고 있는 이야기를. 여러 번 상상하고 되풀이해 마침내 자기 기억이 된 성실하고 평범한 이야기를. 나는 어느 농가에서 둘째 아이로 태어났어. 어린 시절, 나의 아버지는 성직자셨고 어머니는 그런 아버지를 섬기는 분이셨지. 나보다 일곱 살이 많은 나의 형은 달리기를 아주 잘했는데, 한번은 걸음마를 막 떼기 시작한 나를 등에 업고 들판을 내달리겠다고 고집을 부리다가 넘어져 우리 둘 다 완전히 땅에 나뒹군 적이 있었어. 형은

다치지 않기 위해 몸을 웅크린 탓에 크게 다쳤고 이
후에 다리를 절게 되었지. 나는 너무 어려서 정말로,
아무 생각이 없었기에, 억센 풀에 살갗을 군데군데
조금 긁혔을 뿐 크게 다치지 않았어. 내 상처는 금
방 아물었고 형의 다리는 시간이 꽤 걸리기는 했지
만 재활 치료를 통해 많이 좋아졌어. 다리를 전다고
는 해도 일상생활에 지장이 있을 정도는 아니게 되
었어. 부모님은 안심하셨고 매일 밤 저녁 식사를 앞
에 두고 그에 대한 감사 기도를 어떤 시구와 함께 정
성껏 올리셨지. 아무도 몰랐던 거야. 형은 다치고 싶
지 않다는 마음이 자신을 이만큼이나 다치게 했다
는 사실을 도무지 이해할 수도 견딜 수도 없었는데
누군가는 그걸 눈치채거나 알아주어야 했는데 그저
신께 몹시 감사하기만 하고 그러지 못했던 거야. 그
뒤로 형은 다치고 싶지 않은 마음을 갖는 일에 겁을
먹었어. 그 마음이 실제로 자신을 무참히 다치게 했
으니까. 여기서 형은 한 가지 잘못된 선택을 하게 되

는데, 다치고 싶지 않은 마음을 갖지 않기 위해 다치기를 원하는 마음을 갖고, 결국에는 죽고 싶지 않은 마음으로까지 나아가 겁을 잔뜩 먹은 채로 살고 싶지 않은 마음을 연습했어. 살고자 하지 않으면 살 수 있겠다고 생각했던 거야. 마치 그날의 어린 나처럼, 들판에 엎어져 나뒹굴어도 멀쩡하기만 했던 물렁하고 멍청한 나처럼 말이야. 그런데 그 연습이 어디서부터 잘못되었던 걸까? 연습은 무언가를 잘하기 위해 하는 것이었을 텐데. 형이 자살하고 나서 나는 형이 연습을 잘못했구나 생각했어. 살고 싶지 않은 마음을 억지로 연습할 것이 아니라 죽고 싶지 않은 마음을 더더욱 연습해야 했다고. 그게 형의 타고난 본성이었으니까. 그랬다면 아무리 다리가 부러져도 더는 무섭지 않은 때가 왔을 텐데. 그렇지 않아? 나는 정말로 그렇게 생각했는데, 어느 날 형이 꿈에 나타나 자기는 절대 그렇게 생각하지 않는다고, 모든 게 다 내 탓이라고 말했어. 모든 게 다 나

때문이라고. 그런 형을 가만히 내버려두면 형도 바보가 아니니까 자기가 하는 말이 억지라는 것을 알았고 곧바로 사과하고서 먼 길을 되돌아가곤 했어. 다리를 절면서, 그 먼 길을 또다시 말이야. 나는 매번 형의 사과를 받아주었지만 형의 풀 죽은 뒷모습을 지켜보는 일이 쉽지는 않았어. 형은 나보다 키도 훨씬 컸고, 달리기도 잘했고, 나를 진심으로 사랑했고, 그 누구보다 살고 싶어 했으니까. 나는 그걸 알고 있었고 형에게 사과하고 싶었어. 내가 그때 몸을 구부려서, 다치지 않고자 해서, 살고자 해서, 우리가 함께 다쳤다면 이 불행한 상황이 조금은 달라졌을 텐데 그러지 못해 미안하다고. 그리고 나는 우리 둘이 같이 있는 게, 형이 나중에 나를 알아보지 못할 정도로 변했을 때도 그냥 좋았다고 말하고 싶었어. 어쩌면 나도 들판에 나뒹굴어져 있던 그대로 영원히 나뒹굴어져 있는지도 모르겠어. 언제나, 땀에 젖은 채로, 그리고 뭘 잘 모르는 채로 말이야. 형이 그렇게 되고 나서 부모님은 사는 지역을 옮겨 다른 일을 시작하셨어. 나는 열한 살이었고, 전학을 가야 했고 아버지는 성직자 생활을 청산하고 은둔하는 구도자가 되려고도 하셨지만 결국엔 가족을 생각해서 그러지 않으셨어. 아버지는 종이를 만드는 회사에 취직해 넉넉하지 못한 봉급을 받았고 어머니는 다른 사람들의 집을 방문하며 그 집의 아이들에게 주산을 가르치는 일을 하셨지. 나는 주판을 다룰 줄 몰랐지만 작은 플라스틱 구슬이 어머니의 손끝에서 타닥타닥 소리 나게 움직이는 소리를 듣는 게 마치 바닥을 때리는 빗소리 같아서 좋았어. 이사를 하고 2년 뒤에 여동생이 태어났고 나는 그 애에게 내가 형에게 받은 사랑을 그대로 되돌려주기 위해 노력했어. 나는 사랑받았으니까. 사랑을 주는 방법을 알고 있었어. 형만큼은 아니어도 그래 물론 그 애가 내가 주는 사랑을 받고 싶어 했는지는 모르겠어. 그래도 우리 남매는 사이가 좋았고 나는 어째서인지 학교에서 계속 전학생이기만 한 느낌 때문에 외로웠던 것 같아. 심한 괴롭힘을 당하지도 않았는데 뭐가 서러웠는지 가족이 있는 집으로 돌아가는 익숙한 길이 보일 때면 안심이 돼서 혼자 울기도 했어. 내가 울면서 돌아온 날이면 그 애는 어떻게 그걸 알았는지 꼭 울었지? 하고 물었어. 그럼 나는 그 애에게 솔직하고 싶어서 조금 울었다고 대답했고 그 애는 울고 나면 달고 시원한 음료를 마셔야 한다며 탄산수에 쿨에이드 가루를 타서 내게 주었어. 나는 그것을 남김없이 마시기 위해 노력했고, 잘 젓지 못해 뭉친 가루 알갱이들을 씹어 삼키면서도 맛있지, 하며 묻는 그 애에게 맛있어, 하고 마주 보며 웃고, 나보다 어른스러운 그 애와 블록을 쌓거나 어머니가 작게 일구시는 텃밭을 돌아다니거나 잡초를 뽑거나 공벌레를 만져보며 놀았어. 그 애가 큰 도시에 있는 대학에 진학해 법학을 공부하고 싶다고 했을 때도 나는 놀라지 않았어. 그 애라면 그럴 수 있었어. 나와는 달리 총명하고 철학적인 아이니까. 그 애가 도시로 떠나고 나는 점차 나이가 들어가는 게 눈에 보이는 부모님을 모시고 고향 근처의 목공소에서 일했어. 그런데 목공소에서 일했던 기억은 별로 남아 있는 게 없고 목공에 관해 내게 남은 기억이라곤 내 의자 하나를 만들었던 기억뿐이야. 내가 앉을 의자 하나 말이야. 동생이 떠난 당시에 집에는 나와 부모님밖에 남지 않았으니 나는 나와 금방 친해졌어. 그래서 내게 의자가 하나 필요하다는 것을 알았던 거야. 둘이 아니고 오직 하나. 오직 하나의 작은 의자. 그것을 내가 어떻게 만들었느냐 하면 혹시 그거 알아? 나는 아무것도 과거로 되돌릴 수 없다는 것만큼이나 아무것도 미래로 앞당길 수 없음이 인간을 상처 입힌다고 생각했어. 빨리 앞당겨 넘어가 버리고, 피를 한 번에 왕창 흘려버리면 그만일 일들을 너무 오래, 시간이 일 초씩 지나간다는 가정하에 천천히, 여기 상처 입은 인간이 서 있는데 그냥, 계속,

그렇게 그러고 있으라고 내버려두고 있다고. 시간이
란 게 원래 그런 거니까 원래 그런 건 그야 원래 그
런 거니까 순종해야 한다고 누군가 내 머리를 엄지
로 꾹 누르며 가르치는 것 같았어. 신이 이것을 모두
설계했다고 한다면 왜 이렇게 설계했을까? 신은 인
간이 아니어서겠지. 인간이 아니니까, 상관없는 거
야. 그러나 나는 인간이고, 상관있어. 물론 오랫동안
기억하고 떠올리고 싶은 어느 삶의 기억이 내게도
있어. 누가 듣더라도 아주 행복한 이야기라고 할 수
있을 만한 이야기야. 이를테면 한번은 내가 친구의
생일을 축하하는 자리에 초대받아 그 친구의 집에
방문한 적이 있었어. 이미 많은 사람이 모여 있는
와중에 친구는 나를 보고 한 손을 번쩍 들어 올렸
지. 어서 오라고. 나도 손을 들어 올려 인사했고 뒤
이어 그와 그의 다른 친구들이 내게 다가왔어. 침실
에 작은 협탁을 두고 싶은데 어떻게 하면 좋을지 묻
는 친구도 있었어. 나는 비교적 간단히 만들 수 있

는 방법을 알려주고 정 어려우면 내가 일하는 목공소로 찾아와도 좋다고 했어. 그의 친구 중에는 동네에 떠도는 소문을 늘어놓기 좋아하는 친구도 있었고 그중 한 소문이 내 주의를 끌었는데, 뭐냐 하면, 그래, 다른 이야기를 해봐도 좋을 거야. 그 소문은 언제나 혼자인 한 남자의 이야기였어. 그게 뭐가 그렇게 재미있어서 떠들었던 걸까? 그에게 관심이 있기는 했던 걸까? 아니면 그가 단지 혼자여서? 나도 그 남자를 목격한 적이 있었어. 사람들은 그가 처음부터 다섯 형제에게 완전히 배제당했다고 하였고 그가 방문을 열면 그 집의 모든 방문이 닫히고, 그 집의 모든 방문이 열리면 그의 방문만이 굳게 닫힌다고 했어. 그다지 어울리고 싶은 마음이 드는 사람이 아니라는 말도. 너무 조용하고, 사람을 너무 빤히 쳐다본다고. 내 생각은 조금 달랐어. 우선 형제가 아니었을 거야. 그러니까 배제당한 것도 아니고, 세상에는 그냥 혼자인 사람도 있으니까. 그게 무슨

큰일도 아니고, 그렇잖아. 방문이 열리고 닫히는 게
뭐가 어쨌다는 거야. 아무튼 그에 관한 가장 유명한
소문은 커다란 빵을 사지 못한다는 것이었는데, 항
상 혼자 먹어야만 하니까 그러면 커다란 빵은 다 먹
기도 전에 상해버리니까 덩치에 비해 기껏해야 고작
작은 빵만을 사간다는 것이었어. 나는 그 얘기를 듣
고 아닌 것 같은데, 그저 작은 빵을 좋아해서 그런
걸 수도 있지 않아? 물었지만 이미 그에 대한 이야
기는 지나간 지 오래였고, 모두 전쟁과 관련한 뉴스
와 또 다른 소문에 관한 이야기를 하고 있었지. 그
저 작은 빵을 좋아해서 그런 걸 수도 있지 않아? 나
는 그렇게 생각해. 그가 작은 빵을 좋아해서 작은
빵을 산 것인데 뭔가 오해가 있었던 거라고 말이야.
그는 그저 작은 빵을 좋아했을 거야. 그저 작은 빵
을. 커다란 빵은 자르는 도구를 사용해야 하기도 하
고, 가볍게 먹기에는 부산스럽고 영 내키지 않잖아.
그에 반해 작은 빵은 대부분 만듦새가 군더더기 없

이 깔끔하고, 더 맛있고, 빵을 좋아하는 사람이라면 알 거야. 커다란 빵에 비해 작은 빵이 더 먹고 싶은 마음이 들게 한다는 것을. 어떤 이유랄 게 있는 게 아니라 그냥 그게 다라는 것을. 혼자 먹어야만 해도 커다란 빵을 먹고 싶다면 얼마든지 사서 먹을 수 있다는 것을 모르는 사람이 있다니 말도 안 돼. 그런 말도 안 되는 이유로 한 사람이 놀림을 받고 소문이 될 이유는 없어. 그러지 말라고 한 명이라도 말을 해줬어야 해. 작은 빵이라고 반복하니까 떠오르는 건데 내가 갓 스무 살이 되었을 때 고모와 고모부와 함께 살았던 시절이 있었어. 고모가 지병으로 몸이 많이 상해 간호해줄 사람을 찾는데 내가 가게 된 거야. 주사를 놓을 줄도 모르고, 죽을 끓일 줄도 모르는데 부모님께서 가라고 하시니까, 가서 말벗이라도 되어주라고, 고모에게는 그게 필요한 것 같다고 그리고 나도 다른 곳에서 지내보고 싶은 마음에 선뜻 그러겠다고 했어. 그 집은 작았지만 좁지

는 않았고 아늑한 느낌이었어. 앞뜰에 있는 창고에
세 들어 산다는 노동자와도 금방 친구가 되었지. 그
노동자는 조간신문에서 날씨 면을 오려두는 습관이
있었어. 큰 의미가 있어 보이지는 않았고 단순히 하
루의 시작을 알리는 행동에 불과해 보였어. 우리는
가끔 한밤에 곡물가루를 탄 텁텁한 맥주를 마시기
도 했어. 그는 술에 취해 자기 전처 이야기를 자주
했는데, 이혼한 지 얼마 되지 않았을 때라 울기도
많이 울었어. 나는 스무 살에 불과했기 때문에 그게
그렇게 울 일인 건지 뭔지 잘 몰랐지만 우는 자를
위로하라 배웠기에 위로하는 데 최선을 다했어. 나
는 여자에게 조금도 인기가 없었고, 그것에 불만을
가지지도 않았어. 불만이라는 것이 결국에는 뭘 좀
알기라도 해야 갖는 건데, 나는 여자와 관련해서는
아무것도 몰랐거든. 그래도 나중에는 어떻게 결혼
도 했고 아이도 둘이나 생겼어. 평범하다고 할 수 있
다면, 내 삶은 평범했어. 평범한 삶이 구성되는 과정

이 궁금하다면 나를 찾아와 물어도 좋을 거야. 고모는 숨을 거두기 전에 내게 고맙다고, 나에 대해서는 조금의 걱정도 없다고 했어. 고모의 그 말에 대해, 그러니까 고모의 말이 맞았어요, 그 말을 대답으로 하기 위해 나는 더 열심히 살았어. 고모의 말이 맞았어요. 고모의 말이 맞았어요. 있잖아요, 고모의 그 말이요, 그 말이 맞았어요. 그 말을 정말로 할 수 있게 되는 날이 오기를 바라면서 그러나 동시에 한편으로는 그러지 못할 수도 있다는 가능성에 남몰래 긴장하고 벌벌 떨면서 중얼거리곤 했어. 그래, 고모의 말이 맞았다고. 그런데 고모는 대체 왜 나한테 그런 말을 했느냐고 묻고 싶었어. 그럴 수는 없는 거야. 나는 내 아이들에게 결코 그런 말을 하지 않았어. 너에 대해서는 정말 걱정이 없구나…….
나는 내 아이들이, 나의 두 딸이 걱정을 끼치기를 바랐어. 완전히 믿을 수 없게 약간씩 허점이 있고, 순진해서, 그 허점을 들키고 인정하고 도움을 요청

하고 도움을 받기를 바랐어. 다행스럽게도 나의 아이들은 그렇게 자라주었어. 나의 아이들은 자주 싸우고 넘어졌고, 자주 털고 일어났지. 어떤 악의를 마주하더라도 그것의 허점을 알고 웃음으로 승화시키는 천부적인 소질이 있었어. 나는 아이들에게 제 나이대에 배워야 하는 대부분의 운동을 알려주었어. 아이들은 나를 통해 인라인스케이트와 생존 수영을, 볼링을, 탁구를, 자전거를, 캐치볼을, 줄넘기를, 달리기를 배웠고 철봉 매달리기는 나보다 먼저 학교에서 체육 선생님이 알려줬다고 하네, 아무튼 아이들이 운동하는 모습에서 얼핏 나와 닮은 움직임이 보일 때 신기하기도 하고 기쁘기도 했던 것이 기억이 나. 어쩐지 벅차기도 했어. 나와 닮았지만 결코 나라고는 말할 수 없는 생명이 나를 바라볼 때 나는 정말이지 가슴이 벅찼어. 나는 가지를 얹은 해산물 요리를 잘했는데, 아내도 아이들도 잘 먹어주었어. 내가 식사를 준비하면 모두가 식탁 앞으로 와서 자기 자리에 앉아주었어. 그렇게 나와 내 아내가 각자 부모님의 보살핌 아래 천천히 커갔듯이, 그 과정과 유사하게 나의 아이들이 커가고, 아내와 나는 부모님이 그러셨듯이 함께 늙어갔어. 나보다 기력이 좋던 내 아내가 갑작스레 먼저 세상을 떠난 뒤 나는 여기 이렇게 혼자야. 이렇게 혼자 의자에 앉아 있으면 여러 기억이 떠올라. 텅 비어 있는 기억의 한 부분이 있다는 것도 인정해. 아무튼 나는 여러 기억을 찾아 떠올리는 게 즐거워. 나는 그런 즐거움을 알아. 이 많은 기억이 전부 내 기억이라는 것이 진실로 놀라워. 어느 날 내가 무엇 때문에 바닷가를 걷고 있었는지는 잘 모르겠는데 말이야. 휘청이지 않고 걸을 수 있었고 밤에 혼자 바다를 보러 갈 수도 있었으니 지금처럼 자식들에게 걱정을 끼칠 만큼 늙은 나이는 아니었을 거야. 나는 어쩐지 기분이 별로 좋지 않은 상태였고, 하지만 바다를 옆에 두고 걷는다는 게 좋아서 하염없이 걷고 있었지. 나는 내가 쓴

시구를 낭독하듯 중얼거리며 이 바다와 모래사장이
청중이 되어 그것을 듣고 자기들끼리 웅성거리고 있
다고 생각했어. 내 시는 아무 내용도 운율도 없었어.
그냥 나의 이름에 대한 시였어. 나는 나의 이름만 알
고 시가 뭔지는 잘 모르니까. 그 방면에서 나는 그저
무지하고, 무지하다고 해도 그 무지함은 나만 알고
있지 다른 사람이 알 필요는 없잖아. 내가 내 이름
을 대여섯 번 정도 중얼거리고 있을 때 누군가 이런
말을 하는 게 들렸어. 내가 도와줄게. 쟤네는 고통
받을 거야. 말소리가 들린 쪽을 돌아보니 폭죽이 터
지고 있었어. 한 여자아이가 모래사장에 박혀 있던
막대 폭죽을 집어 누군가를 향해 끈질기게 쏘아대
기 시작하더군. 그 아이 옆에 서 있던 몸집이 작은
또 다른 남자아이의 흰 반바지가 동그랗게 탄 게 보
였어. 먼저 공격을 받아 복수하고 있었던 거야. 복
수하는 마음이 불러일으킨 단말마의 불꽃들이 어
둠 속에서 총총히 붉고 아름다웠어. 왜인지는 몰라

도, 나는 폭죽을 맞은 아이도, 폭죽을 맞게 될 다른 아이도 아닌 지금 당장에 폭죽을 쏘고 있는 그 아이를 구하고 싶었어. 나는 그 아이에게로 달려가, 그 아이를 껴안고, 그대로 모래사장에 엎어졌어. 폭죽은 탄알이 떨어졌는지 더 이상 쏘아지지 않았고 바다는 평소보다 고요하게 느껴졌어. 나는 서로를 남매라고 말하는 두 아이를 데리고 바닷가 근처 식당에 데려가 먹을 것을 사주었어. 자정에 가까운 시간이었고 아이들은 핫도그와 탄산음료를 골랐고 나는 별말 없이 그것들을 사주었지. 땀에 젖어 이마에 달라붙은 머리카락들이 어째서인지 그들이 너무 어린 나이임을 알려주는 것 같았어. 나는 폭죽을 쏴서 사람을 죽일 수도 있다고, 그러면 안 된다고 주의를 주었는데, 그때 여자아이가, 폭죽을 좀 맞는다고 사람이 죽지는 않아요, 제 동생도 허벅지가 조금 탔지만 살아 있고요, 대꾸하며 음식을 사주셔서 감사합니다, 인사했어. 옆에 앉아 있던 동생도 내게 고개를

숙여 인사하고는 말없이 핫도그를 먹었어. 핫도그
도 탄산음료도 남김없이 다 먹고 나서 아이들은 집
에 가봐야 한다며 자리에서 일어났어. 부모님이 집
에서 기다리고 계신다고. 나는 그 말을 믿기로 했어.
그 애들과 있으면 마치 바닷물에 잠긴 비릿하고 축
축한 돌멩이를 꺼내 몰래 손에 쥐고 있는 것 같았
어. 좋은 말은 아니겠지만 그랬어. 그 애들은 서서
자기들이 겪은 온갖 부당한 이야기를 하다가 갑자
기 말하기가 싫어졌는지 나를 등지고 집이 있다는
방향으로 걸어가기 시작했어. 무슨 잘못이 나에게
있었던 걸까? 남자아이가 폭죽을 맞아 타버린 바지
에 손가락을 넣어보며 물었고 여자아이는 아무 대
답도 안 했고 그것이 내게는 이상하게 생각되었어.
만약 내게 물었다면 나는 대답할 수 있었을 거야.
무슨 잘못이 나에게 있었던 걸까? 묻는 사람에게
나는 대답할 수 있어. 아무 잘못 없어. 아무 잘못도.
여기서부터 그는 이제 몸을 앞으로 숙이고 같은 말

을 되풀이하기 위해 잠시 숨을 고른다. 아무 잘못도 없다고. 내가 그렇다고 말하였으니 내 말이 맞다고. 그러니까 내 용서를 기다리고 있으라고. 영혼이라는 물질. 그 영혼 속 둥근 빈터. 은총의 움직임. 보이지 않는 얼굴에다 대고 연신 십자가를 그어대는 손.* 이제 그의 곁에 어떤 천사가 찾아와도, 그는 자기가 되풀이하는 말에 집중하느라 알 길이 없다. 어떤 악마가 찾아와도, 그 어떤 선하고 자비로운 신이 그의 마지막을 살피기 위해 몸소 찾아와 그를 굽어보아도 그는 모른다. 그럼에도 어느 한순간 그는 누군가 자신과 손을 맞대고 간 듯한 느낌에 놀라 주위를 둘러보는데, 그는 여전히 혼자이고…… 내 손은 여기 가만히 있어.

* 1917년 7월 30일 카프카의 일기

카프카의 짧은 소설 「공동체Gemeinschaft」를 읽고 그것
과 고리가 걸린 소설을 써보았다. 내가 가장 쓰고 싶었
던 장면은 '그'와 '그'의 손이 가볍게 한 번 맞대어지는 장
면이었다. 같은 몸을 공유하는 사이이니 실제로 맞대어
보기는 어려울 것인데 그렇다면 느낌이라는 감각에 기대
어 그 짧은 순간을 써볼 수도 있을 것 같았다. 마지막에
이르러 그 장면을 쓰게 되었을 때 다 썼다, 하고 혼자 중
얼거렸던 기억이 난다. 그 장면이 마지막 장면이 될 줄 몰
랐는데도 그랬다. 그것 외의 다른 요소들은 대부분 우연
히 쓰였거나 의도해 쓰였다. 차곡차곡 쌓아보고 싶은 문
장들은 차곡차곡 쌓아보았고 그냥 넘겨보고 싶은 문장
들은 그냥 넘겨보았다. 진실하고 싶었던 부분에서는, 잘
되지는 않았지만, 진실하려고도 애써보았다. 소설을 쓰
기 위해 해야 하는 소설의 일들. 그것들을 또 하였고, 또
할 수 있어 좋았다. 그 어려움이 지겹지도 않았다.

추천의 글

카프카 연보

시스템 그 너머를 꿈꾸는 정신의 활력

| 김태환(독문학자) |

2024년. 카프카 100주기. 카프카 문학을 연구하는 사람들, 카프카 문학을 사랑하는 사람들에게 특별한 한 해였던 2024년이 끝나간다. 한국에서도 한 해 동안 카프카를 기념하는 많은 행사가 열렸고, 꽤나 많은 카프카 관련 도서들이 출간되었다. 이제 그 해도 끝을 향해 나아가는 시점에 카프카에게 바치는 또 한 권의 책이 세상에 나온다. 마치 이 한 해를 그대로 보내기를 아쉬워하는 것처럼, 이 한 해에 더 크고 깊은 의미를 부여하려는 듯이. 그러나 이 책은

단순히 카프카의 해에 카프카와 관련되어 나오는 '또 한 권의 책'이 아니다. 그것은 카프카의 책도, 카프카에 관한 책도 아니고, 100년 전 세상을 떠난 프라하의 소설가에게 오늘 한국의 소설가들이 바치는 작품집이기에 더욱 특별하다. 첨예한 실험 정신과 문학성으로 일가를 이룬 중견 소설가(한유주, 김태용)와 그 뒤를 잇는 젊은 소설가(민병훈, 김채원), 4인의 작가가 카프카의 소설에서 얻은 영감으로 창작한 단편소설 네 편이 이 책에 모여 있다. 그것은 카프카에 관한 어떤 이론적 논의보다 더 강력하게 카프카 문학의 현재성을 입증한다. 이 작품들 자체가 카프카 문학의 현재성이기 때문이다.

카프카는 1924년 불과 마흔의 나이에 폐결핵으로 사망했다. 그는 그런 '덕분에' 제2차 세계대전의 참화를 경험하지 못했고, 유대인 박해의 희생자가 되지도 않았다. 그러나 어둡고 부조리하며 극히 독창적인 상상력에서 피어난 그의 문학은 전쟁이 끝난 이후 진보한 서구 문명의 비극적 파산에 대한 탁월한 문학적 예언으로 받아들여졌고, '현대의 고전'으로서 20세기 후반기의 문학과 철학에 지대한 영향을 미쳤다.

20세기의 문학과 예술과 철학은 두 차례 세계대전이 휩쓸고 지나간 거대한 문화의 폐허에서 모든 기성의 가치와 신념에 대한 급진적 부정을 지향했고, 그러한 부정을 통해 모든 역사적 경험에도 불구하고 인간을 다시 현대 사회의 시스템 안에 가두고 안락함과 풍요 속에 길들이려는 지배 질서에 맞서 비판적 정신을 보존하고자 했다. 아주 단순하게 말하면 이 시기에 부정과 비판의 태도는 진지한 문학과 그렇지 않은 문학(혹은 아도르노가 말한 문화산업)을 가르는 시금석처럼 여겨졌다. 모든 의미와 형식, 모든 믿음, 모든 인과적 질서, 모든 확실성을 의심스럽게 만들고 미궁에 빠뜨리는 카프카의 전위적이고 실험적인 문학이 현대적 문학 정신 자체의 표상처럼 여겨진 것은 이러한 배경 속에서였다.

그렇다면 21세기의 카프카 문학은 어떤가? 시스템 바깥에 대한 상상에 기초한 급진적 부정의 정신은 오늘날 대단히 약화되었다. 그것은 이른바 진지한 문학과 그렇지 않은 문학 사이의 경계가 대단히 모호해진 상황에서 잘 나타난다. "세계 밖이라면 그 어디라도"(보들레르)라는 무조건적 부정의 정신은 이 시대에는 어울리지 않는다. 부분적 부정과 비판, 시스템의 '개선'이 가능하게 여겨질 뿐이다. 그러한 노력으로 이 세상을 좀 더 인간적으로, 좀 더 살 만하게, 좀 더 정의롭게 만들 수 있을 것이다. 하지만 이 비인간적인 시스템을 완전히 뒤엎는 혁명이라는 것은 망상이다. 혁명의 가능성이 없어진 시대에는 시스템 바깥의 차원에 대한 사고 자체가 차단된다.

이러한 시대에 카프카의 문학을 읽는다는 것, 심지어 카프카의 문학에 영감을 받아서 작품을 쓴다는 것은 어떤 의미일까? 그것은 시대의 지배적 분위기에도 불구하고 여전히 문학은 시스템 바깥을 꿈꾸는 것이고 그 자체 시스템 바깥의 활동이어야 한다는 부정의 정신이 살아 있다는 것을 증거한다. 그래서 민병훈에게 문학을 한다는 것은 GPS가 세계의 구석구석을 밝혀주고 있는 시대에 지도에 없는 소설 속의 다리를 찾아나서는 일로 나타난다. 자의적이고 폭력적인 배제를 통해 작동하는 공동체에 관한 카프카의 우화에서 김채원은 바로 배제되어 홀로 된 자에게만 주어질 궁극적인 구원의 가능성을 읽어낸다. 카프카가 단식술사의 몰락에 대한 이야기를 통해 부정성으로서의 예술의 종언을 예고했다면, 한유주는 먹방이 유행하는 이 시대에 부조리하게도 하필이면 인도에서 벌어지는 부단식술쇼(끝없는 식탐을 현시하는 쇼)를 통해 카프카의 단식술에 담긴 부정의 정신을 역설적으로 소환한다. 영화관과 관련된 카프카의 전기적 일화에서 출발한 김태용의 작품에서는 카프카 자신과 카프카 소설의 주

인공 요제프 K와 김태용 자신의 주인공(시인)이 혼
용되며, 영화관에서 상영되는 영화 자막에 잡음과
도 같이 자신의 시를 노출시키기를 꿈꾸던 시인의
죽음은—그 죽음은 이 감옥 같은 세계에서의 탈출
을 의미한다—요제프 K의 최후를 연상시킨다.

　이처럼 카프카적 부정성을 오늘의 맥락 속에서
환기하는 네 편의 작품은 서사의 기초적 논리와 현
실적 경계를 뛰어넘어 연상적이고 몽환적인 방식으
로 전개되기에 쉽게 읽히지 않으며, 오늘날 카프카
가 다니던 영화관에서 무한히 진화한 OTT 플랫폼
을 통해 영향력을 확대하는 유비쿼터스한 스토리
텔링 시스템과 정면으로 충돌한다. 그러한 시스템
은 물론 부정의 정신을 추방하고 어떤 시스템의 외
부도 허용하지 않는 사회의 지배 질서를 반영하거
니와, 이 책에 실린 작품들은 그러한 촘촘한 지배의
그물 속에서도 시스템에의 편입을 거부하고 그 너머
를 꿈꾸는 전위적이고 실험적인 정신의 활력을 확

인하게 해준다. 카프카의 해를 마무리하며 한국문
학이 독자에게 바치는 귀중한 선물 같은 소설집이
라 할 만하다.

카프카의 성좌를 지키는 네 편의 사단

| 박혜진(문학평론가) |

　죽음 이후에도 삶이 있다. 살아서 충분히 받지 못했던 존경과 애정, 공감과 이해를 죽어서 생생하게 경험하는 작가라면 더욱 그렇다. 작가는 두 번 산다. 자연으로부터 주어지는 시간을 한 번, 문학으로부터 주어지는 시간을 또 한 번. 이 책은 프란츠 카프카 서거 100주기를 기념해 출간되는 오마주 hommage 앤솔러지다. 그런 한편 죽음 이후 시작된 100년 동안의 삶, 즉 두 번째 '탄생' 100주년을 기념해 출간되는 존경과 애정, 공감과 이해의 앤솔러지

이기도 하다.

　카프카로부터 영향받은 네 명의 소설가가 카프카의 작품, 카프카의 기록, 카프카의 삶…… 이른바 카프카에 귀속되어 있는 모든 속성을 재료 삼아 '카프카적'인 것을 형상화한 이 책을 읽는 동안 나는 카프카를 이해해버릴 것만 같은 착각에 빠져들곤 했다. 어떤 문을 열고 들어가면 캄캄한 영화관에서 흐느끼고 있는 카프카의 어깨가 나타났다. 어둠 속에서 움직이는 인간의 그림자를 보며 카프카는 무슨 생각을 했을까. 김태용의 소설은 가장 어두운 공간을 배경으로 인간 카프카와 우리의 만남을 주선한다. 또 다른 문을 열고 들어가면 독일어로 글을 썼던 체코인으로서의 카프카가 있다. 환전하지 못한 돈을 들고 다니는 외국인 여행객처럼 소수 언어를 쓰는 작가의 난망한 심정이 한유주의 문장을 통해 내게로 흘러든다. 민병훈과 김채원은 각각 「다리와 「공동체」라는 단편소설에서 뻗어 나온 작품을 썼다. 전자가 인생의 구조에 대한 이해를 '훼방'놓는다면 후자는 인간의 구조에 대한 이해를 '훼방'놓는다. 인생은 어긋남과 불시착의 연속이고 인간은 스스로를 구원할 수 없다. 깨끗한 절망에서 오는 개운한 성찰이 오히려 그럴듯한 이해에 갇힐 뻔한 우리를 구원한다.

프란츠 카프카는 20세기 문학의 한 성좌이다. 이 문장은 이견과 반론을 허락하지 않는다. 카프카는 느닷없이 발생하는 사건들을 통해 현대적 삶의 불연속성과 돌발성을 파악했고, 납득은 물론이요 정체도 파악되지 않는 덫에서 빠져나오기 위해 발버둥치는 모든 상식적 방법과 행동이 무용한 헛짓으로 판명 나도록 함으로써 도저한 허무주의를 묘파했다. 인생만큼이나 난해하고 죽음만큼이나 난폭한 이 재현 방식은 현대인들에게 신선한 충격과 깊은 깨달음을 준다. 형식으로서의 미완성, 내용으로서의 부조리를 통해 드러나는 '소외'라는 진실 앞에서

'내 인생만은 예외'라고 팔짱 낄 수 있는 현대인이란 없는 탓이다.

그러나 이 책을 읽으며 내가 새롭게 수긍한 것은 카프카의 이러한 명성이 아니다. 오히려 그 명성의 '배후'이자 명성의 '제작자'들이다. 100년 동안의 카프카가 이어져온 데에는 네 편의 소설 같은 해석과 해설의 힘이 있었다. 카프카의 역사는 카프카를 지켜온 독자들의 역사이기도 한 것이다. 따라서 이 네 편의 소설에서 우리가 마주하는 것은 오마주된 카프카'만'이 아니라, 어쩌면 오마주된 카프카'가' 아니라, 거짓된 완성으로부터 진실된 미완성을 지키고 파편적인 합리성으로부터 온전한 부조리를 지키고자 하는 '카프카 사단'의 존재와 그 정체다. 시간과 공간의 제약 없이 곳곳에서 카프카적인 것의 뿌리를 심고 있는 이들 작가야말로 카프카에게 주어진 두 번째 삶의 이유이다. 죽음 이후의 삶은 그들과 함께 계속되고 있다.

카프카는 언젠가 스스로에 대해 말하면서 문학에 관심이 있는 것이 아니라 문학으로 이루어졌다고 설명한 적 있다. 나는 이 작품들에 대해서도 같은 방식으로 이야기하고 싶다. 이 작품들은 카프카에 관심이 있는 것이 아니라 카프카로 이루어졌다. 우리는 지금 이렇게, 여전히 살아 있는 카프카를 읽는다.

| 카프카 연보 |

1883년 7월 3일에 체코 프라하(당시 오스트리아−헝가리 제국의 영토)에서 독일어를 사용하는 부유한 상인인 유대인 부모의 장남으로 태어나다. 남동생 둘은 태어나서 곧 죽고, 그 뒤로 여동생 셋이 태어나지만 나중에 셋은 모두 아우슈비츠 수용소에서 사망한다.

1889~1901년 프라하 구시가에 있는 독일계 초등학교와 김나지움에 다니다.

1901년 김나지움을 졸업한 뒤 외삼촌 지크프리트와 함께 북부 독일 헬고란트 섬을 여행하고, 가을에 독일계 프라하 대학에 입학해 화학, 법학, 예술사를 수강하다.

1902년 여름 동안 독문학을 전공할 계획으로 뮌헨을 여행하다. 가을에 프라하에서 법학 공부를 계속하기로 결심하고, 10월 23일 평생 우정을 나눈 막스 브로트와 처음 만나다.

1904년 보존되어 있는 첫 작품인 「어느 투쟁의 기록」을 집필하다.

1905년 여름 동안 체코 동북부 실레지엔 지방 추크만텔의 요양소에서 머물다. 이곳에서 첫사랑을 경험하다. 그해 겨울 대학에서 사귄 세 친구 막스 브로트, 오스카 바움, 펠릭스 벨취와 정기적인 모임을 가지기 시작하다.

1906년 6월 18일에 법학박사 학위를 취득하고, 가을부터 1년간 프라하 지방 법원에서 법률 시보로 일하다. 「시골에서의 결혼 준비」를 쓰다.

1907년 모라비아 지방의 트리슈에서 여름휴가를 보내고, 헤트비히 바일러와 사귀다. 10월에 첫 직장인 이탈리아계 보험회사의 프라하 지점에 취직하다.

1908년 첫 출판물로 문학잡지 「휘페리온」에 여덟 편의 산문을 발표하고, 7월 말에 노동자산재보험공사로 직장을 옮기다.

1909년 초여름부터 일기를 쓰기 시작하다.

1910년 사회주의 대중 집회에 참석하고, 10월에 브로트 형제와 함께 파리를 여행하다.

1911년 여름에 막스 브로트와 함께 북부 이탈리아와 파리를 여행하고, 스위스 취리히 근교의 요양소에서 머물다. 10월부터 동유럽 유대인 순회 극단의 배우 이츠 하크비와 가깝게 지내면서 동유럽 유대인의 종교와 문학 세계에 대한 관심이 커지다. 첫 장편소설 『실종자』를 집필하기 시작하다.

1912년 여름에 막스 브로트와 함께 라이프치히와 바이마르를 여행하고, 괴테의 『파우스트』 배경으로 알려진 하르츠 산맥 요양소에서 혼자 요양하다. 8월 13일에 막스 브로트의 집에서 그와 친척인 펠리체 바우어와 처음 만나다. 일기에 따르면 "식탁에 앉아 있는 그녀를 보았을 때, 그녀는 마치 식모와 같은 인상을 주었다."고 하지만 9월 중순부터 편지를 주고받을 만큼 관계가 깊어지다. 1917년까지 약혼과 파혼을 거듭하며 카프카가 펠리체에게 쓴 편지는 500여 통이 넘는다. 창작에 대한 욕구가 높아져 『실종자』를 집필하는 한편 「선고」를 하룻밤 사이에 완성하고, 첫 번째 책인 『관찰』을 출간하고, 프라한 문인 모임에서 「선고」를 낭독하며 작가로서 공식적인 데뷔를 하다.

1913년 펠리체와 빈번하게 편지를 주고받다. 단편 「화부」를 발표하고, 막스 브로트가 발행하는 문학 연감 「아르카디아」에 「선고」가 실리다. 직장의 국제 회의에 참석하기 위해 사장과 함께 오스트리아 빈을 여행하고, 혼자 북부 이탈리아를 여행하다.

1914년 5월 말에 펠리치와 약혼식을 올리기 위해 아버지와 베를린을 방문하고, 6월 1일 약혼식을 치르지만 7월 12일 파혼하다. 8월에 장편 『소송』 집필을 시작하고, 10월에 「유형지에서」, 12월 「법 앞에서」를 집필하다.

1915년 1월에 『소송』 집필을 중단하고, 파혼한 펠리체와 재회하다. 3월에 처음으로 자기만의 방을 얻어 독립하다. 10월에 『변신』을 출간하다.

1916년 4월에 로베르트 무질이 카프카를 방문하다. 7월에 다시 관계가 깊어진 펠리체와 괴테와 쇼팽도 찾았던 마리엔바트로 휴가를 떠나다. 10월에 『선고』를 발표하고, 여동생 오플라가 세든 집으로 이사하다. 그곳에서 『시골 의사』에 수록될 단편들을 집필하다.

1917년 7월에 펠리체와 함께 그녀의 여동생이 사는 부다페스트로 여행하고, 프라하에서 펠리체와 두 번째 약혼식을 올리다. 8월 10일경 처음으로 각혈이 발생하고, 9월 4일에 폐결핵을 진단받다. 여동생 오틀라가 경영하는 취라후의 작은 농장으로 가서 7개월간 요양하며 다수의 잠언을 쓰다. 성탄절 프라하에서 펠리체와 만나 다시 파혼하다.

1918년 5월에 프라하로 돌아와 직장생활을 시작하다. 10월부터 스페인 독감에 걸려 심하게 앓고 난 뒤 12월부터 4개월간 프라하 근교 쉘레젠에서 요양하다. 그곳에서 유대인 수공업자 집안의 율리에 보리체크와 만나다.

1919년 여름에 아버지의 뜻을 어기고 율리에와 약혼하다. 「유형지에서」를 발표하고, 11월부터 연말까지 쉘레젠에서 머물다. 「아버지에게 드리는 편지」를 집필하다.

1920년 3월에 훗날 『카프카와의 대화』(1951)를 집필하는 구스타프 야누흐가 자주 방문해 함께 산책하다. 4월부터 이탈리아 밀라노에서 3개월간 요양하다. 기자이자 카프카의 작품을 체코어로 번역한 기혼자인 밀레나 예젠스카와 편지를 주고받다. 7월에 율리에 보리체크와 파혼하고, 12월부터 9개월간 슬로바키아 타트라 산지에 있는 요양소에서 지내다.

1921년 가을에 프라하로 돌아와 밀레나에게 10년 동안 쓴 일기를 전하고, 일기를 새로 쓰기 시작하다.

1922년 정월부터 불면증에 시달리며 신경쇠약 증세를 보이다. 체코 북부 산악지대에서 4주간 요양하다. 2월 말부터 장편 『성』, 단편 「단식 광대」, 「어느 개의 연구」 등을 집필하다. 7월부터 건강 문제로 직장을 그만두고 연금 생활을 시작하다. 8월 말에 다시 신경쇠약 증세가 나타나 요양원에 들어가다. 10월에 그때까지 집필한 『성』 원고를 밀레나에게 전달하다.

1923년 건강이 악화해 잦은 병상 생활이 반복되고, 6월 밀레나와 마지막으로 만나다. 7월에 여동생 엘리의 가족과 발트해 뮈리츠를 여행하다. 9월에 베를린으로 이사해 여행 중에 만난 폴란드 유대인 출신의 유아원 보모인 도라 디아만트와 동거하다. 병마에 시달리면서도 「작은 여인」, 「굴」 등을 집필하다.

1924년 2월 병세가 악화되고, 3월에 브로트가 카프카를 프라하로 데려가다. 마지막 작품인 『여가수 요제피네 혹은 쥐의 족속』을 집필하다. 4월부터 두 결핵을 진단받아 요양소를 전전하다 오스트리아 빈 근교의 결핵요양소 키얼링에 안착하다. 마지막 책인 『단식 광대』 교정을 보다. 도라 디아만트와 요양소에서 만난 의대생이 그를 간호하다. 6월 3일 그곳에서 사망하고, 6월 11일 프라하의 유대인 공동묘지에서 장례식이 열리다.

카프카 서거 100주기 기념 앤솔러지
메리 크리스마스, 카프카 씨

펴낸날 1판 1쇄 2024년 11월 29일

지은이 한유주 김태용 민병훈 김채원
펴낸이 Tardy Yum
펴낸곳 카프카의밤
등록 2024년 1월 12일 제2024-000015호
주소 경기도 고양시 일산동구 강석로 152, 712-602
전화 031-903-2111
ISBN 979-11-986316-1-9 03810